KB188442

그리움이 쌓이면 꽃이 될까

신익수 포토에세이

도서출판 청어

그리움이 쌓이면 꽃이 될까

신익수 포토에세이

저자의 말

나는 꽃을 좋아한다. 산이 좋아 산악회에 가입했어도 꽃을 찾아보려는 마음이 강했다. 그래서 산악회 애칭이 '꽃세상'이다. 꽃을 보고 환해지는 내 마음같이 세상도 아름다워지기를 소망하였다. 옛 선비 공부법인 관물(觀物)을 흉내 내기 시작하였다. 사물 형상을 살펴 자연의 이치를 깨닫고 이를 삶에 반추하였다. 평범한 일상부터 교정 꽃과 나무를 유심히 관찰하고 사랑하면서 그 시선을 어느 순간 학생들에게 투영하였다.

영양 생장과 생식 생장하는 두해살이 접시꽃이 필 때면 상황에 맞는 맞춤 교육과 꽃 필 때까지 기다려 주는 인내와 공감의 시간이 필요함을 깨달았다. 회화나무의 자유분방한 가지를 바라보면서 창의성 교육을, 추운 겨울을 이겨내기 위해 땅에 바짝 엎드린 로제트 식물에서는 아직 제자리 찾지 못한 제자를 응원하기도 하였다. 또한, 잘린 죽순을 보고는 잘못 들어선 길을 제때 바로잡아 주지 못하면 낭패 보고 마는 교육 현실과 다름없어 안타까워하기도 하였다.

우리 학교 넓은 교정에는 수많은 꽃이 피고 진다. 야생화 탐색 동아리를 만들어 학생들과 관찰하고 기록하기 시작하였다. 꽃 피고 짐의 기쁨과 슬픔을 함께하였다. 잡초로 여긴 풀이 예쁜 꽃을 피우거나 쓰임새 있는 약초라는 사실을 알고는 신기해하고 놀라워하는 학생들이 점차 늘어났다. 그들이 자연의 소중한 가치를 알아가면서 자신도 존귀한 존재임을 깨닫게 도와주고 싶었다. 그 마음과 과정에서 얻어진 작은 성찰을 세상에 내놓는다.

사람 유전자에는 누구나 자연을 사랑하는 인자가 각인되어있다. 모르던 꽃 이름과 특성을 알아가면서 느꼈던 기쁨을 함께 하고자 한다. 꽃을 바라보는 눈짓, 카메라에 담으려 쪼그린 몸짓, 그리고 애면글면하며 쓰고 지운 노트북 위 손짓 모두가 예술 행위라 자부한다. 예술가가 아니더라도 우리는 모두 예술 하는 사람임을 조심스럽게 드러내어 공유하고 싶다.

철마다 피는 꽃을 그리워하며 찾아보는 소소한 일상이 모여 책이 되었다. 보잘것없는 글이지만, 독자들의 고상한 사유로 승화되어 꽃으로 환원되기를 꿈꾼다. 그 꿈의 근원은 주위 사람들을 더 사랑하게 될 거라는 믿음이다. 그러다 보면 세상은 좀 더 아름다운 '꽃세상'이 되리라.

옛글에 끝내 머금고 머금은 기운이 밖으로 터져 나온 것이 꽃이라 했다. 내 그리움이 쌓여 꽃이 피었다. 고요히 눈을 감고 향기 맡으면 그만이다.

차 례

1장

사람들은 왜 꽃구경에 열광할까?

2장

짧은 즐거움
긴 외로움

3장

눈 감으면 그만이지!

4장

그리움이 쌓이면 꽃이 될까?

5장

아득히 그리운 갈망으로

6장

꽃부리를 머금고

Geranium

1장

◇◇◇

사람들은 왜 꽃구경에 열광할까?

송중기와 단역 그리고 로제트rosette

완연한 봄이다. 교정에는 먼저 핀 산수유꽃이 한창이고 목련은 부풀대로 부풀어 올랐다. 꽃망울 커진 영산홍 아래 상사화도 어느새 잎을 올려놓았다. 봄꽃 화신을 재촉하는 봄바람이 발걸음을 교정 산책으로 자꾸 이끄는 요즘이다.

운동장으로 내려가는 중앙계단 가에서 지칭개를 만났다. 자세히 보지 않으면 지칭개인지, 냉이인지 구분하기 어렵다. 둘 다 로제트 식물이다. 잎이 지면에 붙어서 사방으로 뻗는다. 짧은 줄기에서 수평으로 나온 잎이 장미꽃 모양과 비슷하다고 로제트(Rosette)다. 로제트 식물은 민들레처럼 지상에 꽃대만 올리는 로제트형과 지칭개나 달맞이꽃처럼 줄기에 일부 잎이 달리는 부분로제트형으로 구분할 수 있다.

로제트 식물은 보통 가을에 싹이 나고 겨울에는 지면에 붙어서 산다. 땅 온기를 받아 죽지 않고 월동한 후, 봄에 꽃을 피우는 두해살이식물인 경우가 많다. 지칭개는 오뉴월에 쑥 커져 보라색 꽃을 피우고, 상사화는 잎이 사라진 후 한여름에 꽃대를 올린다. 이를 잘 모르는 사람들에게는 무엇으로 보일까? 문득 궁금하다. 혹, 지칭개를 엉겅퀴로 상사화 잎을 수선화 잎으로 생각할 수도 있지만, 대체로 잡초로 여길 공산이 크다.

몇 년 전, 드라마 '태양의 후예' 주인공 송중기가 대중적 인기를 한 몸에 받았다. 십여 년 전, 3학년 한국사를 함께 한 제자다. 같은 교복에 비슷한 머리였지만 선한 눈매에 공부도 잘한 반장이었다. 드라마에서 보이는 요즘 얼굴에도 그 시절 눈매에 담겨 있던 착한 성품이 그대로 남아있어 마냥 흐뭇하다. 그가 배우가 될 거라고는 꿈에도 생각 못 했다. 그는 배우와 관계없는 학과에 진학했지만, 연기과나 영화 관련 학과에 간 제자가 여럿 있었다.

언젠가 공포 스릴러 영화를 본 적 있다. 짧게 단역배우가 나왔는데 낯이 익었다. 영화가 끝나고 출연진 자막을 마지막까지 확인해 보니, 담임했던 연극영화과에 진학한 그 이름 그대로인 제자였다. 또한, 영화과에 진학해 꽤 알려진 영화 조연출을 하기도 했던 영화감독 제자도 있다.

이 제자와는 아픈 사연이 있다. 고3 담임으로 내 청춘 불사르겠다는 일념이 강하던 젊은 시절 이야기다. 불시에 교실 자습 인원을 점검하던 어느 일요일 오후, 영화 보러 무단 외출한 이 학생을 불러들여 두꺼운 매로 심하게 때렸다. 그때는 다른 학생들을 통제하기 위해서는 그럴 수밖에 없다고 위안 삼았지만, 꿈과 끼를 키워주는 진로 교육이 강조되는 요즘 관점으로 보면, 참으로 무식하고 한심한 지도였다. 그때, 이 학생의 꿈이었던 영화 제작이나 영화감독에 관한 정보를 제공하고 그의 노력을 따뜻하게 후원해 주었다면 어찌 되었을까? 지금보다 더 성공적인 길을 걷고 있으리란 보장은 없어도 그에겐 난, 자신을 믿어주고 후원해 준 따뜻한 스승으로 기억되었을 것이다.

지금도 추운 겨울을 이겨내기 위해 로제트 식물처럼 땅에 바짝 엎드려 있을 제자들을 응원한다. 아직 송중기처럼 화려한 조명을 받지 못해도 언젠가는 불쑥 꽃대 올려 화려한 꽃을 피울 날이 있을 것이다. 개화의 깊은 뜻은 잘 모르지만, 꽃은 일찍 피고 화려해도 쉽게 지기도 하고, 느지막이 피어 오래가기도 한다. 그들의 성공을 기원하면서 오늘도 똑같은 교복에 비슷한 머리 모양을 한 학생들을 만나러 교실에 간다.

같은 로제트라도 자세히 보면 지칭개, 달맞이, 민들레, 냉이, 질경이로 구분할 수 있는 것처럼 학생들도 같은 교복을 입고 있어도 개성은 분명히 존재한다. 이제부터라도 좀 더 자세히 바라보고 저마다의 장점을 찾아 후원해 주는 교사가 되어야겠다. 그러면 훗날 송중기만큼은 이름이 알려지지 않아도 사회 곳곳에서 제 몫을 다하는 주인공, '태양의 후예'들이 많아지겠지.

로제트 식물 지칭개

로제트 식물 질경이

마음의 빵, 수선화

나는 2월의 제주도가 좋다. 이때쯤 추사 유배지에 가면 돌담 아래에서 향기 내뿜고 있는 수선화를 볼 수 있기 때문이다. 수선화는 육지에서도 흔히 볼 수 있는 꽃이지만, 이곳 제주 대정 들녘에서 추사를 생각하면서 보는 수선화는 남다르다.

제주도 유배는 죽음 다음 큰 형벌이었다. 조선 시대 대역죄인만이 갔던 최악의 유배지였다. 국왕이었던 광해군을 비롯하여, 우암 송시열, 추사 김정희 그리고 구한말에는 최익현과 김윤식 등 수많은 유명 인사들이 갔다. 이들에게는 고난의 길이었지만, 당시 제주 사람들에게는 당대 지성을 접할 수 있는 기회이기도 하였다.

대정 곳곳에는 김정희의 흔적이 남아있다. 추사가 좋아했던 수선화와 추사체 '山'자 모델이 되었다는 바굼지 오름, 그 아래 세한도 기본 화도로 추정하는 대정향교 소나무 등이다. 그런데, 이번 여행에서 뜻밖의 사실을 알게 됐다. 제주 시내에는 제주도 기념물 1호인 오현단*이 있다. 제주에 영향을 끼친 오 현을 모시는 곳이라기에 당연히 추사가 들어간 줄 알았는데, 빠져있다. 불과 110여 일 머문 송시열이 포함되어 있다는 사실을 알고는 추사 말처럼 "물(物)이 제자리를 얻지 못함"이 이와 같아 씁쓸하였다. 역시 추사는 누군가 말했듯, 세상에서 모르는 사람은 없지만, 아는 사람도 없는가 보다.

그리스어로 나르키소스(narcissus)인 수선화는 물에 비친 자기 모습에 반해 결국 물에 빠져 죽었다는 미남 나르키소스의 화신이다. 마호메트는 "두 조각 빵이 있는 자는 그 한 조각을 수선화와 맞바꿔라. 빵은 몸에 필요하나, 수선화는 마음에 필요하다."라고 하였다.

동양에서 수선은 물 위를 걷는 선녀로 불렸다. 그래서 '능파선자(凌波仙子)'라고 한다. 또한, 수선은 매화 아우이자 연꽃 형이라고도 했다. 매화나 연꽃이 선비들 애완품으로 손꼽히는 존재였으니, 그 형제라면 수선도 선비들이 좋아했을 거다. 그런데, 조선 정조대에 갑자기 수선화 열풍이 불었다. 당시 청나라 귀족층 사이에 수선화를 고가 관상 용품으로 키우는 유행이 전해졌다. 비싼 청자 화분에 수선화를 기르는 취미가 고관대작들 사이에 널리 퍼졌다. 1800년대 전후하여 수선화와 관련된 선비들의 일화가 많이 전해진다. 그중에 김정희는 청나라에서 수선화를 얻자, 청자 화분에 옮긴 후 긴 유배에서 돌아와 고향에 은거하고 있던 다산 정약용에게 보냈다. 다산은 감개무량한 눈물을 흘리며 시를 지었다.

그 후, 제주에 유배 온 추사는 놀라운 광경을 목격하였다. 수선화가 지천으로 널려 있는 게 아닌가. 게다가 농부들은 보리밭에 나 있는 이 아름다운 꽃을 원수 보듯 뽑아 소와 말에게 주고 있었다. 추사는 수선 귀한 줄 모르는 이 광경을 보고 "물(物)이 제자리를 얻지 못함이 이와 같다."라며 장탄식했다. 추사는 자신의 처지를 버림받은 수선화에 비유했다. 그래서인지 추사는 수선을 사랑했다. 그는 '수선 화부'에서 다음과 같이 극찬하였다.

"연못에 얼음 얼고 뜨락에 눈 쌓일 무렵 모든 화초가 말라도 너는 선화(仙花)처럼 향기를 발산하여 옥반(玉盤)의 정결을 펼치고, 금옥(金屋)의 아리따움을 간직한다. …비단 버선이 바람을 밟는 듯, 경쾌한 의상에 눈송이 겹친 듯, 난(蘭)처럼 정아(貞雅)하고 매화처럼 청결하다. 향기 머금어도 즐겁다.

내 집에서 세한(歲寒)을 함께 하니 청순한 자태를 마주한다."

수선화 꽃말은 자아도취, 가르침이다. 이를 다시 자만했음을 깨우친다고 풀어 본다면, 아마 그것은 9년 제주 유배 후 겸손해졌다는 평가를 받는 추사의 삶과 꼭 어울리는 해석이다.

2월이 다 가기 전에 늘 하듯이 수선화 화분을 집에 들였다. 마호메트가 말한 것처럼 마음에 필요한 빵이 되었으면 좋겠다. 한밤중에 거실에 나와보니, 수선화는 저 홀로 그윽한 향기를 토해내며 자신을 사랑하고 있었다.

*오현단(五賢壇): 조선 시대 제주도에 유배되거나 관리로 부임하여 교학 발전에 공헌한 다섯 명을 기리기 위해 만든 제단. 제주시 이도1동에 있다. 오현은 김정, 송인수, 김상헌, 정온, 송시열이다.

제주 추사 유배지 돌담 아래 수선화

바굼지오름 아래 대정향교

성전환식물, 천남성

나는 꽃을 찾아다닌다. 누군가는 남자가 꽃이나 좋아한다고 비아냥거릴지도 모른다. 사실 남자가 나이 들면 남성 호르몬이 줄어들어 활동력이 떨어지고 내면화되는 경향이 나타난다. 이를 여성화로 인식하여 슬퍼할 일이 아니다. 자신을 돌아보면서 더 큰 위안과 행복을 얻는 기회로 이용하면 된다.

낯선 꽃을 발견하여 이름과 생태를 알아가는 재미가 쏠쏠하다. 대매물도에서 만난 솜나물과 천남성은 모두 독특한 생장 과정을 지녔다. 잎에 부드러운 솜털이 나 있는 솜나물은 두 번 꽃핀다. 꽃잎 뒷면이 연분홍색인 봄꽃 지면 잎이 넓어지고 새로운 꽃대가 자라 가을에 전혀 다른 꽃이 핀다. 꽃잎이 열리지 않는 폐쇄화로 자가 수분한다. 잎이 넓어지는 것은 다시 꽃 피우기 위해 영양분을 저장하기 위해서다.

장군봉에 오르다 만난 죽순같이 솟은 것은 천남성이었다. 이 녀석은 숲 나무 밑이나 습기 많은 곳에서 자라는 여러해살이풀이다. 꽃은 초여름에 피는데, 녹색 바탕에 흰 선이 있고 깔때기 모양이다. 가운데에 달린 곤봉 같은 것은 가을에 붉은 포도송이처럼 익는다. 천남성 하면 '첫 남성'으로 들려 로맨틱한 전설이 있겠지 하는 생각이 들지만, 옛날에는 사약으로 사용된 독초다. 장희빈에게 내린 사약이 바로 천남성 뿌리 가루이다. 그래서일까 꽃말이

'여인의 복수'다.

천남성(天南星)은 본래 별이다. 2월경에 남쪽 지평선 가까이에서 잠깐 볼 수 있는 남극성(南極星)이다. 사람 수명을 관장하기에 수성(壽星)이라고도 한다. 식물에 이 이름이 붙은 것은 성질이 강해 별 중에 가장 양기가 강한 천남성을 빗대서이다.

천남성은 성전환식물이기도 하다. 암수딴그루지만 환경이 열악해지면 암꽃이 수꽃이 되기도 한다. 꽃 피울 무렵 뿌리에 남아있는 영양분 상태로 수꽃과 암꽃이 결정된다. 영양분이 일정 정도를 넘어 열매 맺을 수 있는 상황이면 암꽃이 되고 그 이하일 때는 수꽃이 된다. 씨앗을 맺어 후손을 남기려 힘을 쏟고 나면, 다음 해에는 휴식하면서 다시 때를 기다린다.

두 식물 모두 자손 번식에 대한 정성이 기특하고 지혜롭다. 사람은 자유자재로 성전환할 수 없겠지만 상황과 필요에 따라 남성성과 여성성을 동시에 지니는 것도 나쁘지 않겠다고 생각해본다. 여성 호르몬이 듬뿍 나와 매일 하는 귀찮은 면도 좀 안 했으면 좋겠다. 칩잠하여 솜다리처럼 두 번째 꽃 피울 때를 기다리면서 내공을 길러야겠다.

천남성 순

천남성 열매, 나중에 붉게 익는다

솜나물꽃

꽃다발 받쳐 주는 푸른 잎, 사스레피나무

봄 산행의 묘미는 야생화를 사진에 담는 데 있다. 그러기 위해서는 자세를 낮춰야 하고 때론 포복도 불사해야 한다. 진도 남망산에서 산자고와 노루귀꽃을 볼 수 있기를 소망했다. 그런데 두 꽃뿐만 아니라 보춘화, 현호색, 양지꽃, 수리딸기꽃 등을 보아 흡족했다. 하지만 돌아와 내 머릿속에 자리 잡은 것은 '사스레피나무꽃'이다.

화려한 동백과 진달래에 현혹되지 않고 야생화를 찾아보려는 마음으로 걸었다. 그러다 내리막 숲길 나뭇가지에서 이 꽃을 만났다. 대부분 꽃은 화려한 색으로 치장하고 하늘 향해 얼굴 내미는 데 비해 사스레피나무꽃은 잎겨드랑이마다 종 모양으로 아래로 다닥다닥 붙어 있다. 꽃이 작아서인지 등산객 아무도 관심 두지 않았다. 그냥 지나칠 뻔했는데 약간 구릿한 지린내에 쳐다보게 되었다. 잎은 동백처럼 두껍고, 가장자리마다 톱니가 있다. 어디선가 많이 본 잎 모양이어서 찾아보니, 푸른 잎이 적은 겨울철 꽃다발에 많이 활용된다고 한다. 독특한 이름 유래에 대해선 알려진 바가 없어 신비감마저 준다.

일본에는 신사에 바치는 초령목이 있는데, 대용으로 사스레피나무도 사용한다. 두 나무 모두 잎끝이 뾰족해서 신이 내려와 깃들기 쉽다고 해서 쓴다니, 평범한 나무는 아닌 듯하다. 우리는 경

사스럽고 축복할 때 화환이나 꽃다발을 선물한다. 꽃다발에 화려한 주인공 꽃을 받쳐 주는 푸른 잎의 존재에 대해 생각하지 않고 살았다. 이제는 사스레피나무를 기억하고 알아주자.

이른 봄 남녘에 가면 특유의 구릿한 꽃향기가 나거나, 가을에 보랏빛 검은 열매가 보이면 걸음을 멈추자. 동백 잎 닮았는데 꽃도 피우지 못하는 '개동백'이라고 놀리는 사람이 있다면 이름을 알려주자. 그리고 '사스레피'하고 함께 불러보자. 그러면 혹시 아는가? 뾰족한 잎에 신이 내려앉아 당신에게 축복을 내려줄지도 모를 일이다.

사스레피나무꽃

노루귀꽃

산자고꽃

수리딸기꽃

여여부동如如不動

하동 쌍계사에는 적묵당이 있다. 사찰 내 전각이나 산문 외에 승려의 생활과 관련된 건물인 요사채 중 하나이다. 요사채는 대체로 법당 좌우에 있는데 대웅전 극락전처럼 기능에 따라 다양한 명칭이 붙는다. 심검당(尋劍堂) 적묵당(寂默堂) 설선당(說禪堂) 무설당(無說堂) 등이 그렇다. 심검당은 지혜의 칼을 갈아 무명(無明)의 풀을 베고, 적묵당은 말없이 참선한다는 뜻이다. 설선당은 강설과 참선을 함께 함인데, 반대로 무설당은 언어를 빌지 않고 설법한다는 의미다. 방법은 달라도 모두 선승들에게 필요한 수행법이다.

예전 서산 개심사 심검당 툇마루에 앉아 화려한 겹벚꽃을 바라보며 마음의 평화를 가져 본 적은 있지만, 그 뜻을 깊이 생각하지는 않았다. 그런데, 이번 여행에서 쌍계사 적묵당 출입문 여여문(如如門)이 눈에 들어왔다. 거기에는 절정인 겹 동백꽃이 한몫했다. 어찌하여 농염해 보이기까지도 하는 겹 동백을 적묵당 출입문 옆에 심었을까? 문 이름은 왜 여여문이라 했을까? 곰곰이 생각해보았다. 이런 생각은 나만 한 게 아니었다. 남해 용문사 성전 스님은 쌍계사 선방 올라가는 길에 동백이 심어진 이유를 다음과 같이 해석하였다.

“동백은 성숙한 여인의 기품이 넘치는 자태였습니다. 여인을 연상하는 동백을 선방 입구에 심은 것은 인생의 무상을 깨치라는 방장 스님의 큰 뜻이 있었기 때문일 터입니다. 그 아름답던 꽃이 어느 아침 눈물처럼 뚝뚝 떨어지는 것을 보게 된다면 선객들은 무상한 삶에 다시 화두(話頭)를 챙길 수밖에는 없을 것입니다."

내가 여여(如如)라는 말을 처음 접한 것은 지난해 봉화 청량산 등산 때였다. 청량산에는 멋진 이름을 지닌 소나무가 많았다. 그중 여여송이 있었다. 여여송을 본 이후 그 뜻이 좋아 내 당호로 마음먹고 있었다. 본래 여여는 불가 용어 '여여부동(如如不動)'에서 나온 말로 '변함없는 마음', '속되지 않은 마음'을 뜻한다. 사람 마음은 간사하여 하루에도 몇 번씩 바뀌니 참으로 변함없는 삶을 산다는 것은 쉽지 않다. 하지만, 청량산 절벽 난간에서 한결같이 푸른 여여송과 쌍계사 적묵당 여여문을 늘 가슴에 품고 살면, 여여한 삶을 조금은 흉내 낼 수 있지 않을까? 오늘부터 내 당호는 여여당(如如堂)이다. 내 마음을 안다는 듯이 이제 막 꽃잎 든 삼지닥나무 꽃이 웃어주었다.

풍경의 매개체, 제라늄

지난 스페인 여행은 마음속에 새겨지는 느낌이 많았다. 위대한 문화유산이나 아름다운 자연경관 이외에도 소소한 것들도 있다. 아치문과 집 발코니나 벽을 장식한 꽃 화분 등이다.

아치(Arch)는 '활의 굽은 모양'이란 뜻으로, 형태적인 특징 때문에 구조적 안정성을 더해주는 건축방식이다. 하지만, 나는 아치의 기능적 측면보다는 그것에 담겨 다양하게 나타나는 아름다운 풍경에 반했다.

액자에 따라 그림 분위기가 다른 것처럼 풍경도 마찬가지라는 것을 알게 되었다. 창문 형태에 따라 보이는 경치의 느낌이 다른데, 우리 집 아파트 창문은 안타깝게도 모두 사각 창문이다. 그래서 이리저리 궁리해본 결과, 이미 설치된 창틀은 바꿀 수는 없어 손쉬운 방법을 찾았다. 가장 적합한 직사각형 베란다 창문을 선택하여 아치 모양으로 시트지를 오려 붙였더니, 그럴듯하다. 베란다 창문으로 보이는 천변 건너 시내 쪽 풍경이 더 멋져 보였다.

누군가 "만약 스페인에 하루만 머문다면 주저 없이 톨레도(Toledo)에 가겠다."라고 말했다. 타호강에 둘러싸여 도시 전체가 하나의 성인 그곳 골목길을 걸었을 때는 마치 중세로 시간 여행을 떠나온 듯하였다. 하지만, 나는 스페인 여러 도시 중 가장 먼저 코르도바(Cordoba)가 떠오른다. 기독교와 이슬람교가 공존해온 도시 자체가 꽃이지만 아름다운 '꽃의 길'이 있기 때문이다.

사람들은 왜 꽃을 내다 걸까? 꽃은 보는 것인가, 아니면 보여주는 것인가? 길을 걸으며 생각이 이어졌다. 이슬람 문화 정수가 녹아있는 코르도바는 이라크 바그다드와 함께 천 년 전, 이슬람 최고 도시였다. 붉은 제라늄꽃들로 장식된 유대인 거리 발코니 사이로 보이는 메스키타(모스크) 종탑은 오래 기억에 남는 멋진 풍경이었다. 그늘진 골목에서 보는 하늘은 유달리 파랬고, 흰 벽들은 환하게 빛났다. 건물 안뜰에 항상 지붕이 뚫려있는 숨겨진 정원, 파티오(Patio)에는 제라늄이 가득하였다.

오페라 까르멘의 무대이며, 플라멩코의 본고장인 세비야(Sevilla)의 대성당 안에는 콜럼버스의 묘가 있다. 죽어도 스페인 땅을 다시 밟지 않겠다는 그의 유언에 따라 옛 스페인 4 국왕(레온, 카스티야, 나바라, 아라곤) 조각상이 관을 짊어지고 있다.

관을 든 앞 조각상의 오른발을 만지면 사랑하는 이와 다시 이곳에 오게 되고 왼발을 만지면 부자가 된다는 속설이 있다. 왼발등이 더 반질거려 보였지만, 나는 오른발만 만졌다. 혹여 왼발까지 만지면, 과한 욕심에 내 소원이 이루어지지 않을까 봐서였다. 다음 스페인 여행은 꼭 사랑하는 가족과 함께 갈 것이다. 그때 아내와 코르도바의 꽃길을 함께 걷는 모습을 상상하며 오늘 다시 냉장고에 붙여놓은 코르도바 기념품을 바라보았다.

퇴근길에 제라늄 화분을 사 베란다 밖 아주 작은 공간에 놓았다. 이른 아침 눈부시게 쏟아지는 햇살에 창문 밖 꽃들이 맑고 밝다. 제라늄 너머 햇살에 반짝이는 풍경을 한동안 넋 놓고 바라보았다. 눈에 보이는 경치는 주인이 되어 내다볼 때와 들여 다 볼 때 모두 예쁘고 고와야 감상 대상인 풍경이 된다고 했다. 그런데 그 풍경의 통로가 아치 창문이고, 안과 밖을 연결해 주는 매개체가 꽃이라면 더욱 아름다운 풍경이 된다.

제라늄 꽃말은 '당신 생각이 나를 떠나지 않습니다.'이다. 이 녀석들이 어떻게 보냈는지 궁금하여 당분간 퇴근 후, 발길은 곧바로 집으로 향하리라.

새롭게 탄생한 아치 창문과 제라늄

스페인의 다양한 아치

톨레도 전경

세비야 대성당 안에 있는 콜럼버스 관

코르도바 꽃의 길

힘들게 왜 그곳에 가냐고? 벚꽃

벚꽃구경으로 유명한 진해 군항제에 다녀왔다. 벚꽃 좋기는 가까운 계룡산 동학사도 있는데, 굳이 왜 힘들게 멀리 가냐고 묻는다면, 나는 공간적 특성과 적시성 때문이라 말하고 싶다. 공간적 특성과 적시성이 충만한 여행이어야 이야기가 담화로 변하는 스토리텔링(Storytelling)이라 할 수 있기 때문이다. 또 그것을 숙성된 이야기로 추억하려면, 스토리를 직접 작성하고 촬영하며 체험해 보는 스토리두잉(Storydoing)으로 한 발짝 더 나가야 한다. 그래야 진정한 한 사람의 역사가 된다.

산악회 버스로 갔지만, 애초부터 등산에는 관심 없었다. 자유롭게 다니다 등산객들 종착지인 대발령에 시간 맞춰 가면 그뿐이었다. 그런데, 차가 막혀 가장 보고 싶었던 안민고개 드림 로드와 경화역 꽃잔치에는 갈 수 없었다. 그래도 내수면 생태공원, 여좌천, 제황산 진해 탑까지 이어진 벚꽃길 도보 여행은 좋았다.

진해 탑으로 오르는 계단 수는 365개였다. 그래서 '1년 계단'이라고 불린다. 나는 모노레일을 타지 않고 하루하루 열심히 살자는 의미로 한 계단 한 계단 올랐다. 대발령 가는 버스가 만차로 서지 않아 우왕좌왕 잠시 초조하기도 하였지만, 어렵사리 두 배 택시 요금을 주고 시간 내 도착할 수 있었다. 불안한 마음이 가시자 대발령 벚꽃 아래 제비꽃이 어찌나 예쁘던지.

진해는 봄에 눈이 내린다더니, 정말로 하얀 '벚꽃 눈'이 나무마다 가득하였다. 이해인 시인 시어처럼 꽃들을 너무 많이 만나 멀미 날 지경이었다. 향기에 취한 꽃 멀미에 꿈결 같은 봄날 하루를 값어치 있게 보냈다. 소동파가 그랬다지, "봄밤 한 시간은 천금을 주고 살 만한 가치가 있다."라고.

"세상은 한 권의 책, 여행하지 않는 자는 그 책의 한 페이지만 읽을 뿐"이란 말이 있다. 오늘 나는 세상이란 책 한 페이지를 더 읽었고, 내 삶의 역사에 한 줄 더 이야깃거리를 만들고 돌아왔다.

화창해서 슬픈 봄날

화창해서 슬픈 봄날, 마지막으로 흩날리는 벚꽃 비 맞으려 교정에 나섰다. 언젠가 신문 기사에서 "사람들은 왜 벚꽃구경에 열광할까?"라는 기사를 본 적 있다.

사람들은 벚꽃을 바라보면서 수직적 몽상을 한단다. 수없이 많은 수평적 관계 속에서 자신보다는 타자를 위해 살아간다. 그 고통을 날리는 꽃잎에 실어 보내고 잠시나마 파란 하늘을 바라보면서 위안을 얻는다. 벚꽃은 화려하면서도 쉽게 진다. 그래서 사람들은 때론 장엄함을 때론 덧없음을 빗대 이야기한다. 그런데, 이해인 수녀님이 우리에게 진정 전하고 싶은 말을 대신해 주고 있다.

"꽃이 지고 나면 비로소 잎사귀가 보인다. 잎 가장자리 모양도 잎맥의 모양도 꽃보다 아름다운 시가 되어 살아온다. 둥글게 길쭉하게 뾰족하게 넓적하게 내가 사귄 사람들의 서로 다른 얼굴이 나무 위에서 웃고 있다."

이맘때면 세월호와 함께 벚꽃 잎처럼 사그라져간 학생들이 생각난다. 또래인 학생들과 함께 웃고 떠들며 수업하고 나와 떨어지는 벚꽃잎을 바라보면 눈가는 이내 젖는다.

어느 해 신문 칼럼에 남해 용문사 성전 스님은 "세월호를 기억하며 눈물 글썽이는 수많은 사람의 가슴 위로도 봄날 눈물처럼 꽃잎이 진다." 하였고, 소설가 김훈은 기고문에서 함석헌 선생님의 "눈에 눈물이 어리면 그 렌즈를 통해 하늘나라가 보인다."를 인용하였다. 꽃잎은 붉게 멍든 진자리를 남기고 떨어지지만, 하늘나라에 간 학생들은 저렇게 싱그러운 잎처럼 웃고 있겠지. 연신 하늘만 쳐다보다 교무실에 돌아와 열어본 문학 집배원 메일 글이 의미심장하다.

"슬픔의 공동체 안에서만 인간의 영혼이 간신히 숨을 쉬는 것 같은" 시대가 한스러워, 나는 "봄은 왜 다시 한번 그 초록의 옷들을 주는 것일까?"라고 한 파블로 네루다 말을 자문해본다.

벚꽃 품장 중인 박태기나무꽃

운동장 울타리에 있는 벚나무가 꽃잎 날릴 무렵이면 맞은편 언덕 박태기나무꽃이 피기 시작한다. 대부분 꽃은 가지 끝이나 잎겨드랑이에서 꽃대가 나와 달리지만, 박태기나무는 몸체 아무 데서나 핀다. 밥알 모양 비슷한 꽃이 달려서 박태기라 하는데, 북한에서는 꽃봉오리가 구슬 같다고 구슬꽃나무라 부른다. 서양에서는 예수를 배반한 유다가 목매 죽은 나무라 하여 유다 나무라고도 한다. 박태기나무는 중국 원산 콩과 낙엽 활엽 관목으로 어디든지 잘 자라 관상수로 인기 있다. 잎은 둥근 심장 모양인데 꽃과 함께 내민 어린잎이 앙증맞다.

옛 선비들에게 관물(觀物)이라는 공부법이 있었다. 자연을 관찰하여 삶의 이치를 알아내는 관물찰리(觀物察理) 정신을 추구하였다. 조선 중기 문장가 신흠은 자신의 공간에 박태기나무를 심었다. 신흠은 동생 신감에게 박태기나무를 비유하며 이별을 아쉬워했고, 홀몸이 된 누님과 삼십 년 같이 살면서 어미처럼 섬겼다. 신흠은 무슨 연유로 박태기나무를 보면서 형제애를 다짐했을까? 이와 관련하여 중국에 다음과 같은 일화가 전해진다.

옛날 삼 형제가 함께 살았는데, 어느 날 서로 분가하기로 하고 재산을 똑같이 나누어 가졌다. 그리고 마당에 있던 박태기나무 한 그루도 셋이서 잘라 분배하기로 하고 자르려 하자 순식간에 말라

죽었다. 이를 보고 놀란 형이 두 아우에게 말하기를 “이 나무는 원래 한 그루로 자란 것처럼 우리 형제도 원래는 하나인데 재산을 분배해 서로 헤어지려 하다니 사람이 나무보다 못하다.”라고 말하고는 나무 자르는 것을 중단하고 다시 같이 살자고 했다. 그러자 나무가 생기를 되찾았다. 이에 감동한 삼 형제는 그 후, 우애 있게 살았고 형은 높은 벼슬에 올랐다.

바람 한 번 더 불어 마지막 벚꽃잎이 떨어지자 맞은편 박태기나무꽃이 붉어져 나무에 가득하다. 순간, 이것은 봄꽃 풍장이란 생각이 들었다. 우애 깊은 박태기가 벚꽃을 보내며 상식(上食)으로 고봉밥을 올리고 있는 것은 아닐까? 박태기나무 아래 라일락도 초하루 삭망에 올릴 제삿밥 같은 꽃봉오리를 다닥냉이처럼 준비하고 있는 교정, 꽃 세상이 아름답다.

벚꽃 풍장 중인 봄날, 꽃 세상은 슬프지만 아프지 않다. 아프지만 슬프지 않다.

현호색, 바로 옆 전혀 다른 세계

아~ 이 찬란한 봄날을 어이할꼬!

"바로 옆에 전혀 다른 세계가 있다는 것을 알 때 우리 삶은 두 배가 된다."라는 말이 있다. 생물실 앞 언덕에서 온통 연보라나 청보라 파스텔 물결로 아우성치고 있는 현호색 무리에서 그 뜻을 깨달았다.

이른 봄 싹을 올려 3월 하순쯤 꽃 피우고 5월 이전에 씨 뿌리고 사라지는 키 작은 현호색의 치열한 생존 전략이 애처로우면서도 아름답다. 현호색(玄胡索)이란 이름은 씨앗이 검은 데에서 유래한다. 하지만 서양 사람들은 꽃 모양이 마치 종달새 머리와 비슷하다고 해서 종달새를 뜻하는 코리달리스(Corydalis)로 불렀다.

보라색은 마음의 정화를 의미하지만, 동시에 외로움과 슬픔을 상징하지 않던가! 안도현 시인은 "제비꽃을 알아도 봄은 오고 제비꽃을 몰라도 봄은 간다." 했지만, 오늘 나는 이를 바꿔 노래 부르리라.

현호색을 몰라도 봄은 오고 현호색을 몰라도 봄은 간다. 하지만, 현호색을 알고 보는 봄이 더 찬란하다.

씁쓸 달콤한 첫사랑의 맛, 라일락

교정 사물 놀이실 옆 라일락꽃이 피었다. 우리말로는 수수꽃다리인 꽃향기가 코끝을 간질이는 눈부신 봄날이다. 유럽이 원산지인 라일락은 프랑스에서는 '리라'라고 하는데, 노래 '베사메 무초', 리라꽃 피는 밤에 나오는 꽃이다. 미 군정청 식물 채집가가 1947년 북한산 야생 종자를 채취해 미국에서 원예종으로 개량하였다. 이때 자료 정리를 도운 한국인 성을 붙였다는 '미스 김 라일락'도 있다.

대학 시절 교정에 핀 라일락꽃 바라보며 "라일락 꽃잎 씹어 보지 않은 자는 사랑을 논할 자격이 없다."라고 말했던 기억이 난다. 잎은 하트 모양에다 향기는 분명 감미로운 사랑을 나타내지만, 그 맛은 씁쓸한 첫사랑의 맛이라는 의미였다.

오늘은 라일락 꽃차를 마셔본다. 대부분 첫사랑은 달콤하다가 점차 쓰디쓴 맛이 밀려오지만, 라일락 꽃차 맛은 처음엔 쓰다가 달콤함이 오래간다. 아마 꽃말대로 "젊은 날의 추억", "첫사랑의 감동"을 되새겨보았기 때문인가 보다.

누구나 이맘때 라일락 꽃향기 맡으면 그 옛날 "미스 ㅇ라일락", "미스터 ㅇ라일락"이라 부를만한 사람이 떠오르겠지. 입안에 퍼진 달콤함이 사라지기 전에 이문세의 '가로수 그늘 아래 서면'을 들어야겠다.

♪ 라일락 꽃향기 맡으면 잊을 수 없는 기억에~♬

참꽃, 진달래

진달래를 보러 대구 달성 비슬산에 다녀왔다. 돌아와 책꽂이에 먼지 쌓여 있는 삼국유사를 꺼냈다. 이 책은 대학 1학년 때 한국사 강독 교재였다. 일연의 삼국유사 권5 '포산이성(包山二聖)'조에는 관기(觀機)와 도성(道成) 이야기가 전해진다.

포산은 지금의 비슬산이다. 포산에 관기와 도성 두 승려가 살고 있었다. 관기는 남쪽 고개에 암자를 짓고 도성은 북쪽 굴에 살았다. 서로 십여 리쯤 떨어졌으나, 구름 헤치고 달을 노래하며 항상 서로 왕래하였다. 도성이 관기를 부를 때면, 나무들이 모두 남쪽을 향하여 휘었는데, 관기는 이를 보고 도성에게로 갔다. 관기가 도성을 찾으면 이번에는 나무들이 모두 북쪽으로 굽어 도성에게 알렸다. 관기는 하늘의 낌새를 볼 수 있다는 뜻이며, 도성은 도를 이루었다는 의미다. 이름에서 알 수 있듯이 그들은 이미 도통한 성인으로 서로 잘 통했다. 두 사람이 자연과 더불어 지극한 우정을 주고받은 이야기다.

그들이 오갔을 비슬산 정상 진달래 군락 사잇길을 걸으며 생각했다. 그들처럼 그리워할 친구가 내게는 있는가? 그리움의 텔레파시를 보낸 적이 있는가? 나무를 감응시킬만한 재주가 없다고 핑계 댈 일만은 아니다. 늘 손에 쥐고 사는 휴대전화기에 있는 이름 찾아 통화 버튼을 누르기만 하면 된다. 하지만 쉽지 않은 일임을 나도 알고 친구도 안다. 더 나이 먹고 외로워지면 될까? 주저하는 내 모습이 부끄러워진 산행이었다.

나만의 우정의 길, 그리움의 길은 꼭 꽃길이 아니어도 좋다. 보고 싶을 때 안부 묻는 '무선의 길'부터 찾아 나서면 된다. 그러다 보면 어느 날 먼 데서 바람 불어와 나뭇잎이 흔들리면 누군가가 나를 간절히 찾고 있다는 사실을 알게 될지도 모를 일이다.

진달래는 먹을 수 없는 꽃인 '철쭉'에 대하여, 먹을 수 있는 꽃이라 참꽃으로 부른다. 참이란 말이 참 좋다. 지금 당장 친구에게 내가 먼저 전화해야겠다. 제일 먼저 떠오른 이가 참말로 그리운 친구다.

찬 포산이성 관기 도성(讚 包山二聖 觀機 道成) / 일연

달빛 밟고 오가는 길
구름 어린 샘물에 노닐던
두 성사의 풍류는 몇 백 년이나 흘렀던가
안개 자욱한 골짜기엔 고목만이 남아 있어
뉘었다 일어나는 찬 나무 그림자
아직도 서로 맞이하는 듯

친구

서울 친구들 만나,
고갱전을 관람하였다.
고갱이 묻는다.
우리는 어디서 왔는가, 우리는 무엇인가,
우리는 어디로 가는가?

삼십여 년 전, 촌놈들은
청운의 꿈을 안고 대전에 모여 친구가 되었다.

각기 다른 길로 떠나 흩어져 살다가
가끔 이렇게 만나
학창 시절 이야기로 시작해 못다 이룬 꿈,
가장의 무게와 중년의 고독을 이야기한다.

불안한 실존적 존재들의
투명한 실존적 만남이다.

앞으로의 인생이
서울역 앞 금자네 생등심 맛일지,
짧은 만남이 아쉬워 기차 시간 보며
바삐 나누어 먹은 아이스크림 맛일지,

서울 친구가 사준 뜨겁고 쓴
아메리카노 맛일지는 아무도 모른다.

하지만, 낙원을 그린 고갱처럼
우리에게도 그런 날이 오리라.
대전행 기차는 출발했고
나는 쓰면서도 달콤한
인생 같은
아메리카노 한 모금을 마셨다.

세상 물정과 우활迂闊

고등학교 동창 모임 때 서울역에서 산 책, 이덕일의 '내 인생의 논어 그 사람 공자' 읽는 속도가 붙지 않는다. 다산 정약용은 제자들에게 뒤에서 호랑이가 달려드는 다급한 마음으로 논어를 읽으라 일갈했지만, 쉽지 않다. 어렵기도 하지만 생각이 많아졌기 때문이다. 정치를 맡기면 무얼 제일 먼저 하겠느냐는 군주 물음에 "반드시 이름을 바로잡겠다(正名)."라고 말한 공자에게 제자 자로는 우활(迂闊)하다고 비판하였다. 사리에 어둡고 세상 물정 잘 모른다는 뜻인 우활을 말한 책은 또 있다.

우서(迂書) 서문에서 유수원은 이 책 내용이 과연 세상에 행해질 수 있습니까? 라는 혹자 물음에 불가능하지만, 마음속에 응어리를 펼 수 없으면 할 수 없이 글을 지어 자성하는 것이라고 답한다. 유수원의 신분제 폐지, 상공업 진흥 같은 주장은 당시에는 우활한 것이었지만, 답답한 그의 가슴은 약자를 보듬고 눈은 항상 시대를 뛰어넘어 미래로 향하였다.

언제였던가? 경찰대에 다니던 제자가 찾아왔을 때, 어떤 선생 왈, "선후배 관계 잘 맺고 줄 잘 서야 출세한다."라고 덕담? 하는 소릴 듣고서 나는,

"선생이 저러면 안 되지 사회정의를 수호하는 민중의 지팡이가

되어라, 해야지. 그래야 선생이지!"라고 속으로 말했었는데, 이도 우활한 것인가?

조선 시대 용재총화를 저술한 성현이 말했다.

"나는 출세해보겠다고 권세가 앞에 줄을 서지 않는다. 돈을 벌겠다고 아등바등하지도 않는다. 다만 부지런하게 책 보는 것을 좋아하고, 산수 유람을 즐겼다. 이렇게 사니 남들이 현실을 모르는 사람이라 놀렸다. 내가 참으로 우활한가? 나는 세상사에는 우활하되, 나 자신이 하고 싶은 일에는 우활하지 않다."라고 하였다.

성현의 말이 참으로 성현(聖賢)답다.

선생이란 자리와 이름이 무겁게 느껴지는 밤이다.

연산홍, 영산홍?

교정 화단에 영산홍(映山紅)이 피었다. 산을 붉게 비추는 영산홍은 연산군이 특히 좋아해 연산홍(燕山紅)이라는 별칭도 생겼다. 조선 세종 때 강희안의 '양화소록'에 '일본에서 왜철쭉을 조공으로 보내왔는데 꽃이 무척 아름다워 미인 서시와 같았다.'라는 기록으로 보아 일본에서 전해졌다. 우리나라와 달리 일본에서는 에도시대 때 산철쭉과 따로 구분해 '5월의 철쭉'이란 이름 '사쓰끼' 철쭉으로 부른다.

영산홍은 철쭉과 교배되어 개화 시기와 화색이 다양해져 명확하게 품종을 구분하기는 어렵다. 하지만 대체로 철쭉은 낙엽성에 꽃술이 10개인데 비해, 영산홍은 반 상록성 잎에 5개의 꽃술로 구분할 수 있다.

예전 선비들의 공부법 중에 관물(觀物)이 있었다. 관물이란 사물 형상을 살펴 자연의 이치를 깨닫고 이를 자신의 삶에 반추하는 태도를 말한다. 선비들은 꽃을 보고도 세상의 이치와 삶의 교훈을 얻어냈다.

다산은 작약꽃 피고 짐을 관찰하면서 권력의 부침에 빗댔다. 그는 작약이 꽃을 피우기 위해 잎을 내고 가지를 뻗을 때는 홍문관 실무를 맡은 옥당(玉堂)으로, 꽃망울을 키울 때는 승정원의 으뜸 도승지(都承旨)로, 화려한 꽃이 폈을 때를 이조판서 시절로 비유했다. 그러다가 집에서 쫓겨난 여인의 모습으로 표현한 쇠락한 꽃에서는 유배자의 형상을 읽어내며 마음을 가다듬었다.

다산에 앞서 18세기 문인 신경준은,

"천지는 번화한 봄과 여름을 늘 존재하도록 할 수가 없어 가을과 겨울에 시들고 쪼그라드는 일이 생겨나도록 한다. 하물며 사람은 어떠하고 사물은 어떠하겠는가? 이 때문에 때가 이르러 번화함과 무성함이 생겨나면 이를 받아들이고, 때가 달라져서 번화함과 무성함이 가버리면 결연하게 보내주는 것이 옳다."라고 하였다.

그는 화려하지만 시들 때는 가지에서 떨어지지 않고 오래 말라붙어 있는 영산홍의 추한 모습에서 늙음을 받아들이는 깨달음을 얻었다.

영산홍을 바라보고 있노라면 사고로 돌아가신 선배 교사 한 분이 생각난다. 그분께서 생전에 영산홍 순을 얻어와 꺾꽂이로 뿌리 내려 옮겨 심은 것이 이렇게 꽃을 피웠다. 그뿐만 아니라 본관 앞에 4월 말이면 아름답게 꽃피는 철쭉 언덕도 그분 노력의 결과물이다. 오늘 나는, 영산홍을 통해 나만의 서투른 공부를 해본다. 사람은 가도 뿌린 씨앗은 언젠가는 꽃으로 피어나는데, 나는 선생으로서 어떤 씨앗을 뿌렸는가?

영산홍아!

너는 교정을 붉게 비추기만 하는 것이 아니라 또 다른 것을 내 눈에 비치게 하려고 이렇게 꽃을 피웠구나. 벌써 시들기 시작한 꽃잎 추해지지 않게, 씻어 줄 비 내려달라고 내가 기도해주마.

튤립 열풍과 코로나 광풍

2020년은 '코로나 19' 광풍으로 시작했다고 해도 과언이 아니다. 바이러스 확산을 막기 위해 각종 학교 개학이 두 달 이상 연기되었다. 온라인 수업과 이른바 '공적 마스크 5부제'가 실시되고 '사회적 거리 두기' 운동이 전개되는 등 사람들 일상생활에 많은 영향을 끼쳤다.

그 사이 무심한 봄꽃은 연이어 화려하게 피었다. 이때쯤 전국 곳곳을 찾아 꽃구경 다니는 게 삶의 중요한 부문이었는데, 올해는 그러지 못했다. 사실 우리 주변 가까이에도 꽃들은 많다. 그런데도 유명한 곳으로 찾아 떠나는 이유는 흔히 볼 수 없는, 대량으로 심어진 화려함의 극치를 보려 함이다. 매화 산수유에 이어서 진달래와 철쭉 그리고 튤립 등이 그렇다.

그런데, 오늘 길가나 집 울타리 안팎에서 소박하지만 제 아름다움 잃지 않고 피어있는 꽃들을 만났다. 그중에 시선을 압도하는 것은 단연 튤립이다. 화려한 꽃 색깔과 왕관을 닮은 꽃 모양 때문이다.

튤립(Tulip) 원산지는 중앙아시아 지역이다. 오스만제국 술탄이 워낙 좋아한 튤립 모양으로 터번(Turban)을 만들어 썼다는 이야기가 전해진다. 이를 통해 이름과 터키의 국화가 된 연유를 추측할 수 있다. 하지만 튤립 하면 떠오르는 나라는 네덜란드다. 여기에는 경제학에도 나오는 '튤립 열풍'이 큰 영향을 끼쳤다.

튤립은 16세기 중엽 튀르크에서 유럽으로 전래 되었다. 우아한 모양과 선명한 색깔로 인기 있었다. 색깔이 다른 여러 변종에 대한 수요가 곧 공급을 초과해 유럽 곳곳에서는 가격이 치솟기 시작했다. 네덜란드는 17세기 초반이 절정이었다. 한때 희귀 알뿌리 하나가 당시 노동자 연평균 소득 17배 가격으로 거래되기도 하였다. 알뿌리를 사서 더 비싼 가격으로 되팔기 위해 집과 토지 그리고 공장을 저당 잡히기까지 하였다. 돈에 눈먼 사람들은 결국 피기 전에 미리 꽃을 사둔다는 발상까지 하였다. 미래 어느 시점에 특정 가격으로 거래한다는 계약까지 생겼는데, 이것이 세계 최초 선물거래였다. 그러다가 거짓말처럼 하룻밤 사이에 가격이 폭락해 많은 평범한 가정이 재산을 날리고 파산하였다. 이처럼 17세기 네덜란드에서 벌어진 튤립 투기 과열 양상을 역사는 사실상 자본주의 최초 버블경제 현상으로 기록하였다.

네덜란드에는 튤립에 관한 다음과 같은 전설이 있다.

"마음씨 착한 예쁜 처녀가 세 청년에게서 청혼을 받았다. 지방 성주 아들은 사랑의 정표로 왕관을 바쳤고, 기사 아들은 보검을, 부유한 상인 아들은 보석상자를 선물했다. 처녀는 한 사람을 선택하면 다른 두 사람이 실망할까 걱정하였다. 그들 구혼을 모두 거절할 수 없던 그녀는 꽃의 신에게 부탁해 결국 튤립이 되었다. 꽃은 왕관, 줄기와 잎은 검, 뿌리는 보물상자를 뜻한다."

문득, 왕관 모양 튤립 꽃송이를 보면서 코로나가 다시 생각났다. 코로나(Corona) 어원은 본래 꽃으로 만든 둥근 화환(花環)이다. 태양 바깥쪽 둥근 고리 모양 엷은 가스층을 말하기도 한다. 현미경에 보인 코로나바이러스 모양은 얼핏 보면 천일홍 꽃송이 같다. 하지만 바이러스는 독일뿐이다. 이 나쁜 독은 언젠가는 인류의 노력으로 퇴치할 수 있을 거라 믿는다. 문제는 코로나 19 광풍 속에서 나타난 마스크 사재기나 각종 유언비어 등 마음에 번진 바이러스다. 인류의 과학 기술로도 퇴치하기 어려운 영원한 과제인가 보다. 아무리 희귀한 튤립이라도 튤립은 튤립일 뿐이었듯이, 신종 코로나바이러스도 바이러스일 뿐이라고 역사는 기록할 수 있을까?

영국에 이런 속담이 있다.

"훌륭한 포도주는 간판이 필요 없고, 튤립의 아름다움에는 설명이 필요 없다."

속담 그대로인 튤립의 아름다움에 심취하였다. 하지만 주위에 있는 꽃사과꽃 향기에 빠져 정신없이 윙윙거리는 분주한 벌 마냥, 이꽃 저꽃 기웃거리다가 마음 흘리지 않고 무사히 집에 돌아왔다.

올가을에는 보물상자 튤립 알뿌리를 구해 심어야겠다. 더불어 마음에도 묻어놓을 것이다. 혹여 욕망의 광풍에 휩쓸리려는 마음을 잡아 주는, 예쁘면서도 근엄한 왕관으로 피어나길 소망해 본다.

꽃사과꽃

사람들이 꽃구경에 열광하는 이유

열광(熱狂)은 인간 심리 중 어떤 대상에 강렬한 관심을 보이는 것을 말한다. 칸트는 무언가의 원칙에 의해서 심적 상태가 적당한 정도로 뜨거워지는 것을 열광이라 말했다. 그러면서 초자연적 환상을 느끼는 광신과는 구별하였다.

현대인들은 뭔가에 쉽게 열광한다. 특정 연예인이나 취미 아니면 먹는 방송 등 찾아보면 많다. 아마도 과도한 스트레스와 미래에 대한 불안과 외로움 등을 떨쳐내고픈 몸부림일지 모른다. 꽃구경도 예외가 아니다. 철철이 피는 꽃 따라 곳곳에 축제가 생겼고 사람들로 북적인다. 그렇다면 사람들은 왜 꽃구경에 열광할까?

우선, 연약해 보이지만 강인한 생명력에 감동해서일 거다. 특히 추운 겨울을 이겨내고 피는 화려한 꽃이거나 척박한 곳에서 피는 야생화에 더 빠져든다. 다음으로는 화려하게 핀 꽃의 유한성에서 느끼는 아쉬움과 연민 때문이다. 개화 기간이 짧은 꽃일수록 더 그렇다. 마지막으로 아름다움에 대한 갈망 아닐까? 꽃마다 지닌 고유 특성이 주는 이미지와 생태에 동화될수록 마음의 평화와 심미안을 얻을 수 있다.

조선 후기 권상신은 '남고춘약(南皐春約)'에서 꽃구경 가자는데 날씨 핑계 대며 오지 않는 친구들을 다음과 같이 구슬렸다.

"보슬비가 오거나, 안개가 짙거나, 바람이 거세도 날을 가리지 않는다. 빗속에 노니는 것은 꽃을 씻어주니 세화역(洗花役)이라 하고, 안개 속에 노니는 것은 꽃에 윤기를 더해주니 윤화역(潤花役)이라 하며, 바람 속에 노니는 것은 꽃이 떨어지지 않도록 지켜주니 호화역(護花役)이라 한다."

날씨와 관계없이 꽃구경 가는 옛 선비의 낭만이 고스란히 담겨 있다. 이쯤이면 권상신은 꽃구경 마니아(mania)다. 마니아는 그리스어로 '광기(狂氣)'라는 뜻이다. 하지만 병적 광기와 다른, 신의 선물로서의 신적 광기를 말한다. 이는 유한한 인간에게 일상과 시간의 굴레를 벗어나게 하여 영원한 것과 만날 초월적인 힘을 준다.

칸트가 말했다. "열광이 수반되지 않고서는 어떠한 위대한 것도 성취되지 않을 것이다." 꼭 위대한 성취가 아니어도 좋다. 아름다움을 느끼고 마음의 평안을 얻을 수 있다면 사람들의 꽃구경은 계속될 것이다.

울산대공원 장미 축제장

담양 명옥헌 원림 배롱나무꽃

Gladiolus

2장

◇◇◇

짧은 즐거움 긴 외로움

삶의 질을 높이는 방법

삶의 질을 높이는 방법 하나가 작은 습관을 일상에 심어두는 것이다. 일정한 시간에 커피를 마시는 것과 같은 소소한 것도 좋지만, 일단 나는 철 따라 다르게 여행을 떠난다. 계절의 아름다움을 느낄 수 있는 자기만의 장소를 정해 때맞춰 찾다 보면 묘한 행복감을 얻을 수 있다.

매년 봄이 오면 남해안의 섬 하나씩 찾아가는데, 올해는 '별에서 온 그대' 촬영지 장사도에 갔다. 별에서 온 그대는 없었지만, 생달나무 연리지와 목련꽃 아래에서 아내와 난 '너의 별 나의 꽃'이 되었다. 그러니, 동백이 진들 무슨 대수겠는가?

영산홍이 필 무렵이면 나만의 비밀 화원에 간다. 매해 찾는 계룡 사계 고택이다. 툇마루에 앉아 꽃구경하다 뒷산 사계 솔바람길을 걸으면 그냥 힐링이 된다. 어김없이 피어있는 길가 각시붓꽃이 반긴다. 이어서 가는 곳, 입암저수지 데크 길에서 바라보는 연두색 산색은 그대로 그림이다. 돌아오는 길에 콩쥐팥쥐 집에서 팥칼국수 먹는 일을 빼먹으면 서운하다.

내일은 매년 한 번씩 꼭 찾는 계룡 향적산에 가야겠다. 더 깊게 봄 안으로 들어가 이내 한 몸이 되고 싶다.

사계고택

각시붓꽃

장사도에서

한양 도성 길을 나서며

사대문인 숙정문(肅靖門) 지나,
사소문 창의문(彰義門)으로 내려오는
한양 도성 백악 구간을 걷다가
문득 드는 생각 하나 있다.

큰 문 닫아두어
작은 문으로 인조반정이 시작된 것처럼
마음에도 문이 있어,
뒷문은 늘 부끄러운 것들이 드나들 터.

그래서일까 큰 문 닫아두고
작은 문 무상 열어 놓고 있지는 않은지
좋은 뜻 담은 문이라 변명해봐도
소문은 소인배들의 문이다.

마음속 뒤편 작은 문 걸어 잠가
부끄러운 것들 큰 문으로 오게 하라고
마음을 엄숙하게 다스리라고
오늘 숙정문이 열렸다.

한양 도성 백악 구간 내려와

문득 드는 생각 하나 더 있다.

산 동네 수도 가압장에 만든
윤동주 문학관 입구에
그 많은 시 중에 '새로운 길'이 새겨진 이유

수압 떨어져 졸졸 나오는
수돗물처럼 삶이 무기력해지면
도성 길 걸어와 새로운 길을 찾아보라고
오늘 윤동주 문학관이 열렸다.

새로운 길

내를 건너서 숲으로
고개를 넘어서 마을로

어제도 가고 오늘도 갈
나의 길 새로운 길

문들레가 피고 까치가 날고
아가씨가 지나고 바람이 일고

나의 길은 언제나 새로운 길
오늘도..... 내일도.....

내를 건너서 숲으로
고개를 넘어서 마을로

一九三八. 五.

인생의 쓴맛, 씀바귀꽃

중국에서는 갓 태어난 아기에게 젖을 먹이기 전에 먼저 먹이는 다섯 가지 맛이 있다. 첫 번째로 식초 신맛을, 두 번째는 소금 짠맛을, 세 번째는 씀바귀 흰 즙으로 쓴맛을, 네 번째는 가시로 혀를 찔러 아픔을, 마지막으로는 사탕의 단맛을 느끼게 했다. 그 의미가 인생의 다양한 맛을 알려주기 위해서다. 그런데, 쓴맛이 꼭 나쁜 것만은 아니다. 토끼는 아플 때 쓴 씀바귀를 본능적으로 더 많이 찾아 먹는다. 그 쓴맛에 뭔가 좋은 약효가 있음이 분명하다. 한방에서는 막힌 것을 뚫어 기운을 복 돋아주는 효능이 있다고 본다.

씀바귀꽃이 운동장 가에 피었다. 조경석 돌 틈 사이에 비슷한 고들빼기도 강인한 생명력을 과시하고 있다. 둘의 맛과 효능은 비슷하지만, 자세히 보면 생김새가 다르다. 꽃 수술이 검은색이면 씀바귀, 꽃과 같이 노란색이면 고들빼기다. 고들빼기는 쓴맛에 고채나 고도로 불리다가 어느 순간 고독박이가 됐고 훗날 고들빼기로 굳어졌다.

작년에 씀바귀 전초를 말려 한동안 수업 시간에 뜨거운 물을 부어 차로 마셨다, 학생들에게 '합격차'라며 마셔보게 하면 그 쓴맛에 놀라곤 했다. 처음엔 쓰지만, 점차 단맛이 입에 감돌고 속이 편해지며 식욕도 생겼던 기억에 올해도 마셔볼까 한다.

예전 중국 윈난성 따리(大里)에서 맛본 삼도 차가 떠오른다. 바이족 전통 공연 중간에 제공되는 인생을 빗댄 차였다. 윈난 녹차를 사용한 첫 잔 쓴맛은 초년의 고통을, 호두 설탕을 넣어 달콤한 둘째 잔은 중년기의 행복함을, 마지막 잔에는 생강과 흑설탕을 넣어 말년에 지난날의 고락을 회상하는 거였다.

전형적인 관광지 음료이긴 했지만, 인생에 비유한 뜻은 음미할 만했다. 오늘 씀바귀 차를 마시면서 다시 생각났다. 한 모금 마시며 지금껏 나는 인생의 어떤 맛을 느끼며 살아왔는지 반추해본다. 지금 힘들고 쓴 고통의 순간도 훗날에는 달콤한 추억으로 떠올릴 수 있도록 견뎌내야겠다. 씀바귀 차 쓴맛이 점점 입 안 가득 단맛으로 번져갔다.

요정들의 소풍, 큰애기나리꽃

오월 첫날, 생물실 뒤편 언덕에 현호색이 씨를 맺고 서둘러 사라졌다. 그 사이 큰애기나리가 어느새 군락을 이뤄 하얀 꽃을 달고 있다. 애기나리는 나리꽃을 닮은 작은 꽃이라서 붙여진 이름이다. '애기나리'와 '큰애기나리'는 서로 비슷하여 혼동하기 쉬우나, 줄기 하나에 꽃 한 송이 피면 '애기나리', 두 송이 이상 피면 '큰애기나리'이다.

애기나리꽃은 수수하다. 꽃 모양이나 색깔이 두드러진 점 없이 그저 평범하고, 무엇이 부끄러운지 늘 고개 숙이고 있다. 꽃은 잎에 가려져서 잘 보이지 않아 사람들 눈에 쉽게 띄지 않는다. 둥굴레인 줄 착각하는 사람도 있다.

큰애기나리는 이른 봄 어린순을 국이나 나물로 식용한다. 뿌리는 석죽근(石竹根)이라 하는데 폐결핵, 만성 위장병 치료에 도움을 준다. 꽃말은 '깨끗한 마음', '요정들의 소풍'이다. 깨끗한 마음으로 몸을 낮춰 가까이 다가가 귀 기울이면 예쁜 요정들이 귀엣말로 사랑의 노래를 들려줄 것 같다.

아! 옛 시인이 그랬던가?

"임 소식은 들쭉날쭉해도 꽃소식은 일정하구나"

저 필 때를 알고 연이어 피는 봄꽃, 어찌 저들을 귀애하지 않겠는가?

그리움의 분출, 공작선인장꽃

행정실 앞 화분에 사는 공작선인장이 꽃을 피웠다. 교무실에서 겨울 나고 추위가 남아있던 삼월 말쯤 이곳에 옮겨져 관심밖에 있었다. 그런데도 기특하게 화려한 자태를 올해도 어김없이 보여준다. 공작선인장은 Epiphyllum 속이다. 그리스어 'epi'(위)와 'phyllon'(잎) 합성어로 잎 위에 꽃이 붙는다는 뜻이다. 납작한 잎줄기에 붙어 선홍색으로 핀다.

보통 다른 화초에 비해 꽃이 유난히 크고 날개를 활짝 편 공작처럼 아름답다. 선인장꽃은 대부분 화려하다. 식물은 대체로 곤충이 가루받이해 주지만, 선인장이 사는 메마른 곳에는 벌과 나비가 없어 수분해줄 새나 작은 벌레를 유혹하기 위해서다.

다른 선인장에 비해 꽃 색이나 모양이 꽃말처럼 정열적이고 화려하다. 하지만 며칠 못가 시들어 아쉬워한 사람들은 공작선인장을 개량해 밤에 하얀색 꽃 피우는 '월하미인'을 만들어 냈다. 저 정열적인 화려함은 아마도 밤에 피는 '월하미인'을 향한 그리움의 분출인지도 모른다.

척박한 환경에서도 꽃을 피운 공작선인장이 기특하다. 나는 화려한 꽃을 피운 적이 있는가를 되돌아본다. 딱히 꽃이라고 했던 시절이 나이 빼곤 없는 것 같아 슬프지만, 열정적으로 그리워할 대상을 만들어 나만의 꽃을 피우리라. 비록 남이 알아주지 않아도 말이다.

장미과 국수나무꽃

교정 생물실 옆 언덕에 국수나무꽃이 피었다. 벌써 핀 꽃이 이제야 눈에 들어온 것은 곁에 있는 크고 화려한 모란꽃에 눈길이 가고 애기똥풀꽃 같은 진한 색에 빠져 살아서인지 모른다. 다가가 노란 수술을 단 작은 흰색 꽃을 들여다보면 아름답기가 그지없다. '소진주화'라고도 하는 이유를 알만하다.

그런데 왜 '국수나무'일까? 가지가 처음 자랄 때는 적갈색이지만 나이 먹으며 하얗게 변한 가느다란 줄기 뻗음이 얼핏 보면 국수 면발이 연상되어 서다. 보릿고개가 있던 시절 이맘때 피는 이팝나무꽃 보고 쌀밥을 생각했던 사람들이 이 나뭇가지 보고서는 국수를 떠올렸다니, 그 절박했던 삶이 떠올라 마음 아프다.

고개 들어 학교 담장 밖 보문산을 바라보니 아카시아꽃이 절정이다. 먹을 수 없는 나뭇가지보다는 아카시아꽃 한 송이 따서 어린 시절처럼 풋내에서 단맛 돌 때까지 씹어 보고 싶다.

이화은 시인이 국수나무가 장미과라는 것을 용케도 알고 쓴 시 '세상의 모든 2절'이 가슴에 와 닿는다.

"…산길 가다 보면 가슴에 이름표 매단 나무들
이름 밑에 간단한 약력도 곁들였는데요

'국수나무'가 1절이라면
'장미과' 이름보다 조금 낮은 목소리가 2절이지요
1절의 그늘에 살짝이 숨어 하고 싶은 말 다 하는 게 2절이지요…"

그동안 가슴에 담고만 있던 사연을 꺼내 귀에 익은 노랫가락에 실어 2절로 불러보고 싶은 봄날이다. 때마침 5월 14일, 오늘은 한국에만 있다는 '로즈 데이'다. 사랑하는 사람에게 장미꽃 한 송이 대신 작은 진주를 가득 담은 국수나무 꽃가지로 헌화해보면 어떨까? 당장 꽃이 없다면 활짝 웃는 얼굴로 사랑한다고 말하자, 그러면 모두 꽃이 되겠지.

신랄하게 매운, 하늘 고추

스승의 날이다. 부담임 학급 반장에게서 카네이션 한 송이를 받았다. 거창한 선물을 기대하는 것은 아니지만 왠지 씁쓸하다. 감사의 정을 담은 스티커 붙은 음료수 한 병이 보약보다도 더 큰 힘을 주었는데, 김영란법 시행 후 대표가 주는 것이 아니면 이것도 불법이다.

교무실 내 자리 옆에는 화분이 놓여 있다. 어떤 것은 십여 년 넘게 함께 하고 어떤 것은 다 죽어가는 상태에서 버려진 것을 살려낸 것도 있다. 그중에 하늘 고추가 눈에 들어왔다. 이 녀석은 작년 늦가을 밖에서 떨고 있어 옮겨 놓았데, 살아서 올해 다시 꽃 피우고 열매를 맺었다. 말로만 고추가 원산지에선 다년생이란 것을 직접 확인하였다.

가만히 하늘 고추 바라보다가 불현듯 그간 이런저런 이유로 학교를 그만둔 학생들이 생각났다. 담임으로 자퇴를 막지 못한 학생은 두 명 있었다. 첫 담임 때 자퇴한 학생은 미용을 배워 미용사가 되었고, 우연히 만난 또 다른 학생은 유사 석유를 판다며 어두운 얼굴로 커피를 마셨다. 모두 이십여 년 전의 일이라 기억이 뚜렷하지는 않지만 그만한 이유가 있어 학업을 중단하였다. 그들에게 겨울 추위가 엄습한 그때, 좀 더 따뜻한 손으로 어루만져주었다면 학창 시절을 무사히 마칠 수 있었을지도 모른다. 세상은 넓고 생각보다도 따뜻한 사람들이 많아 이들에게 좋은 친구, 따뜻한 배우자가 생겨 화목한 가정을 이루어 살고 있기 바랄 뿐이다.

문득, 작년에 맛본 하늘 고추 매운맛이 떠올랐다. 하늘 고추 꽃말은 '신랄하다'이다. 다시 담임을 맡는다면 더 잘할 수 있을까? 신랄하게 반성의 자문을 해본다.

오월의 눈 아카시아꽃

3학년 교실 뒷산에 바람이 분다. 어디서 시작됐는지 모를 바람이 아카시아를 마구 흔들더니, 어느새 오월에 꽃눈이 내린다. 어렸을 때 하얀 꽃송이 따 먹으면 입 안 가득 퍼지던 풋 내음, 중학생 때 아카시아꽃 핀 등굣길 스쳐 가던 검정 교복에 새초롬하던 재 넘어 여중생, 고등학생일 적 아카시아 껌 좀 씹던 친구들, 저녁 무렵이면 숨 막힐 정도로 아카시아 꽃향기가 짙었던 대학생 시절 가물가물한 데이트 길, 모두 그립다.

"내가 철이 없어 너무 많이 엎질러 놓은 젊은 날의 그리움이 일제히 숲으로 들어가 꽃이 된 것만 같은 아카시아꽃"이라고 노래한 이해인 수녀의 시가 떠오르는 오후다.

오늘 저녁엔 지난 휴일 등산로에서 따 말려 놓은 아카시아꽃을 차로 마셔봐야지. 꽃향기만큼 달콤하진 않겠지만 아카시아 꽃말처럼 '비밀스러운 사랑'이 있었다면 아름답게 추억해보는 것은 어떨까?

짧은 즐거움 긴 외로움. 달개비와 자주달개비꽃

달개비꽃이 피었다. 닭장 곁에서 잘 자라 '닭의장풀', 닭 볏을 닮아서 '달개비'다. 흔하지 않은 파란 잉크색 꽃이 아름답다. 습관적으로 검색하다 눈에 들어온 김춘수의 '비망(備忘)'은 시어 연결고리 찾기가 난해하다.

> "밤새 피었다가 / 아침에 지는 / 포르스름한 / 달개비꽃만한 이스탐불."

유고시집인『달개비꽃』에 그가 죽기 며칠 전에 쓴 시다. 꽃 시인답게 마지막 유고 시집도 꽃이다. 여기서 그는 삶을 짧게 피었다 지는 달개비꽃으로 비유하고 자신의 시는 보석 같은 이스탄불로 기억되기를 소망했던 것 같다. 그런데, 왜 하필 '이스탐불' 일까? 단지 언어의 유희가 아니라 그가 평소에 말했다는 "시어는 단순한 의미 전달이 아니라 영적 교섭", "이름 붙일 수 없는 상태로 언어를 끌고 가려는 충동을 언제나 느끼고 있다."라고 한데서 유추해 볼 수밖에 없다.

아! 내가 터키에서 보았던 이스탄불의 성 소피아성당, 블루모스크, 안탈리아의 지중해, 파묵칼레의 온천수 모두 터키석 같은 '포르스름한' 보석이지 않았던가? 오늘은 달개비가 아니라 '이스탄불 꽃'이라 불러주마. 그러면 너는 나에게로 와서 이스탄불을 추억해주렴.

달개비 근처에 자주달개비꽃도 있다. 꽃받침조각과 꽃잎은 3개씩이고 노란 수술은 6개며 수술대에 청자색 털이 나 있다. 달개비와 비슷하지만, 꽃 색이 짙어서 자주달개비, 혹은 북미가 원산지라 양달개비라 부른다. 자주달개비는 방사선을 받으면 꽃 일부가 분홍색으로 변해, 원자력 시설 주변에 안전 확인용으로 심어진다고 한다. 꽃은 아침에 피어 오후에 시든다. 오후에 오물 어진 꽃을 바라보면 장에 간 엄마를 기다리다 지쳐 잠든 아기 얼굴 같기도 하고, 떠난 임 기다리다 외로워 눈감은 여인 얼굴 같기도 하다. 그래서 꽃말이 '짧은 즐거움', '외로운 추억'일까?

3개 꽃잎 속 노란 수술을 유심히 바라보면 표현할 수 없는 무궁무진한 이야기가 담겨 있을 것 같다. 함께 밥 먹는 식구들을 생각해낸 시인도 있다. 그 사연 알아내기 전에 눈을 감아버려 아쉽지만, 그래서 더 신비롭다. 내일도 찾아가 바라봐야지. 어쩌면, 비밀 하나 말해줄지 모를 일이다.

춤추는 요정, 바위취꽃

음악실 옆 언덕에 바위취가 꽃을 피웠다. 지난주에 작은 꽃대가 생겼는데, 관악부 아이들 악기 소리에 흥이 났는지 더 일찍 피었다. 바위취는 번식력이 강해 바위틈에서도 물기만 있으면 잘 자란다고 이름 붙었다. 어린잎에 부드러운 털이 촘촘히 난 모습이 호랑이 귀를 닮았대서 '범의 귀' 또는 '호이초(虎耳草)'라고 불리며, 활짝 핀 꽃 모양이 큰 대자(大)를 닮아서 '대문자 꽃'이라고도 한다.

한방에서는 전초를 약용한다. 감기 신장결석에 효능이 있고 경련이나 중이염에는 생즙을 이용한다. 먼 옛날부터 인간은 본능적으로 신체 모양과 비슷하게 닮은 동식물을 찾아내 식의약품으로 이용해 왔다. 바위취도 그 생김새를 귀로 보면 중이염에, 신장 모양으로 보면 신장결석에 도움이 된 것 같다. 북한 민간요법에 잎을 비벼서 작은 알갱이로 만들어 아픈 이 틈에 넣고 가볍게 깨물고 있으면 좋다고 한다.

모든 풀꽃이 자세히 보면 예쁘지 않은 것이 없지만, 바위취꽃은 그 생김새가 독특하여 더 아름답다. '절실한 사랑'이란 꽃말처럼 사랑을 찾아다니는 요정 같기도 하고, 사랑을 표현하는 댄서 같기도 하다.

점심시간마다 들려오는 아이들 악기 연습 소리가 삑삑거릴 때

잎 내더니, 어느새 꽃 피운 바위취야! 네 꽃 다 지면 그때는 아이들의 악기 소리가 아름답게 꽃피겠지.

찔레꽃 필 무렵

3학년 교실 뒤편 보문산에 찔레꽃이 피었다. 지난 주말, 동백이 마지막 꽃 떨구고 잎에 윤기 더해가는 소매물도에도 찔레꽃이 한창이었다. 그곳 향기는 해풍에 실려 와 상큼하고 달콤했는데, 오늘은 그 향이 무겁다. 아마도 오늘이 5·18 광주 민주화 운동 기념일이라 그런가 보다.

찔레꽃을 보면 본능적으로 흥얼대는 노래가 있다.

"♪찔레꽃 붉게 물든 남쪽 나라 내 고향~♬"

찔레꽃은 하얀색인데, 왜 붉게 물든다 했을까? 라는 의문이 들어 생각해본 적이 있다.

붉은색 찔레꽃 품종이 있다, 제주도에서는 해당화를 찔레꽃이라 한다, 저녁놀에 물든 찔레꽃을 묘사한 거다, 등의 주장이 있었다. 의문이 다 해소되진 않았는데, 소매물도에서 연분홍 찔레꽃을 보고는 그럴 만하다는 생각이 들었다. 또, 장사익은 찔레꽃 향기는 서럽고 슬프다고 노래하였다. 사십 대 초반 변변한 직업 없이 방황하던 5월 어느 날, 장미 덩굴 뒤쪽에 옹기종기 피어 있는 찔레꽃에서 자기 모습을 보고는 슬펐다고 한다. 노랫소리가 애절한 이유가 꽃말 따라 고독한 시절 자전적 이야기라 그랬나 보다.

여느 해와 다름없이 찔레꽃은 피지만 이제 아이들은 찔레꽃이나 순을 따먹지 않는다. 가난도 역사의 질곡도 기억하지 못할까 걱정이다. 찔레꽃 필 무렵에는 아픈 역사가 많았다. 광주 망월동에도 찔레꽃이 피었겠지.

오늘 내 가슴에는 찔레꽃 한 송이가 붉게 피었다.

소매물도 분홍찔레꽃

소매물도 찔레꽃

글라디올러스꽃이 향기가 없는 이유

꽃을 선물한 적이 언제였던가?

사랑하는 아내에게, 집들이 갈 때, 아기가 태어났을 때, 병문안 갈 때 등 생각해보면 많은 것 같은데, 사실 그리 많지 않다.

그리스 신화에 나오는 서풍의 신 제피로스(Zephyros)가 클로리스(Chloris) 아름다움에 반해 그녀에게 꽃의 지배권을 주었다. 청원 두루봉 동굴 구석기인 흥수 아이 시신 위에 국화꽃이 놓인 것처럼, 인간의 삶과 역사는 꽃과 함께 시작했다.

꽃에 상징적인 의미를 붙인 건 빅토리아여왕 치세기였다. 그때는 영국 전성기였다. 하지만, 왕의 화목한 가정에 대한 이미지는 엄격한 도덕주의의 상징이 되어 성 문화는 보수적이었다. 여성 발목이 조금만 내보여도 정숙하지 못하다는 말이 나올 정도였다. 말이나 글로 애정을 표현하는 것도 조심스러웠다. 그래서 사람들은 마음을 표현하기 위해 꽃을 선물했다.

동료가 글라디올러스(Gladiolus) 알뿌리를 교정 화단에 심었는데, 어느 날 꽃대 올리더니 드디어 꽃망울을 터트렸다. 박완서는 장마 끝난 날 새벽하늘 새털구름을 "마치 글라디올러스가 피어나듯이 처음엔 천천히, 차차 빠르게 화려한 주황빛으로 물든다."라고 절묘하게 표현했다.

글라디올러스는 수상 꽃차례로 피며 잎 사이에서 잎보다 긴 꽃줄기가 나와 그 위쪽에 길게 한쪽으로 치우쳐 달린다. 밑에서부터 위로 피어 올라가는데 빛깔은 다양하다. 수상 꽃차례(穗狀꽃次例)란 긴 꽃대 둘레에 여러 개 꽃이 이삭 모양으로 피는 것을 말한다.

글라디올러스 어원은 라틴어 '검(Gladius)'으로 날렵하게 뻗은 잎이 로마군의 검을 닮아서이다. 더운 여름에 화려하게 피어서인지 '열정', '정열적인 사랑', '젊음'이라는 멋진 꽃말을 가지고 있다. 꽃대에 달린 꽃송이 수로 연인들끼리 약속 시각을 정했다는 유럽 옛이야기에서 유래된 '밀회'라는 로맨틱한 꽃말도 있다. 글라디올러스꽃은 화려하지만, 향기가 없는데, 그럴듯한 전설이 전해온다.

> "옛날 마음씨 착한 공주가 있었다. 공주는 허약하여 병을 앓다 죽었는데, 죽기 전 소중히 간직해오던 향수병 두 개를 함께 묻어달라고 했다. 시녀가 무덤에 묻기 전 몰래 한 향수병 뚜껑을 열어 그 병 속 향기는 모두 날아가 버렸다. 시녀는 황급히 병마개를 막고 무덤에 넣었다. 이듬해 여름 공주 무덤에는 아름다운 꽃 두 송이가 피었는데, 한 송이는 아무런 향기가 나지 않는 글라디올러스였고 다른 한 송이는 향기 나는 백합이었다."

글라디올러스꽃은 향기는 없지만, 꽃이 크고 화려하다. 그래서 절화(折花)용으로 재배되어 화환이나 꽃다발에 주로 쓰인다.

사람들은 왜 꽃을 가꾸고 선물할까?

그것은 '바이오필리아(Biophilia)' 때문이다. 바이오필리아란 생물학에서 유명한, 에드워드 윌슨이 제안한 가설적 개념으로, 보통 '생명 사랑'으로 번역된다. 사람 유전자 속에는 자연을 사랑하고 자연에 의존하려는 인자가 내포되어있다는 주장이다. 지금 눈 돌려 나무와 꽃을 바라보고 편안함을 느낀다면 '바이오필리아'가 내 유전자에 남아있다는 증거이다.

제피로스는 자기 사랑이 진실하다는 것을 증명하기 위하여 클로리스에게 꽃 피우는 모든 지배권을 주었다. 하지만 나에게는 무더운 바람을 꽃 피우는 상쾌한 하늬바람으로 바꿀 능력이 없다. 또 이제 막 피기 시작한 글라디올러스 꽃대를 자를 용기 또한 없다. 밀회가 아닌 오늘 저녁 아내와의 산책길에 노을이 물들면, 저게 글라디올러스라 말하고 구름 꽃을 선물해야겠다. 그 꽃은 글라디올러스 꽃다발보다 더 의미 있는 선물이 되리라.

연녹색 오선지 위에 들어앉힌 영혼, 비비추

급식실 입구에 사는 비비추가 꽃을 피웠다. 잎 가장자리가 물결처럼 쪼글쪼글한 모양에서 '비비', 나물이란 뜻인 '취'에서 변한 이름이다. 일설에 데친 후 손으로 비벼 거품 내 독을 빼낸 다음 먹던 나물에서 왔다고 보기도 한다.

고유종인 비비추와 유사한 것이 옥잠화다. 중국 원산으로 옥비녀 닮은 꽃봉오리가 하얗게 핀다. 보라색 꽃인 비비추를 '자옥잠'이라 부른다. 둘 다 백합과지만 비비추의 아슴푸레한 향기는 옥잠화의 맑고 그윽함을 따라가지 못한다. 어느 시인은 비비추꽃을 바라보면서 "연녹색 오선지 위에 들어앉힌 영혼"이라 했는데, 멋진 표현이다. 오선지 잎 위에 음표 같은 비비추꽃들이 바람에 산들산들 흔들리면 마치 노래하며 춤추는 듯 아름답다.

18세기 문인 이종휘는 자기 집을 바닷물이 가슴 적셔 주는 집이라는 뜻인 함해당(涵海堂)이라 불렀다. 그는 예전 해운대에서 본 바다를 떠올리며 답답한 마음 풀고 책을 읽었다. 또한, 마루를 미채헌(味菜軒)이라 했는데, 푸성귀 맛보는 집이라는 뜻이다. 자극적인 것들에 길든 세태 속에서 선비는 아무런 맛이 없는 푸성귀의 진정한 맛을 알아야 한다고 생각했다. 그에게 푸성귀는 곧 마음을 다스리는 방편이었다.

올봄 집 근처 산에서 장녹 어린잎을 몇 번 따다 먹었다. 아내는 미국자리공이란 이름과 독이 있다는 말에 놀랐다. 왜 따 왔냐고 구박했지만, 데쳐서 들기름에 무쳐 먹고는 그 참맛을 알게 되었다. 데침의 미학(味學)을 내년에는 비비추 나물로 이어 볼까 한다. 비록 집이 누추할지라도 함해당, 미채헌이라 여기고 가장 멋있었던 바다와 맛있던 나물을 떠올리면서, 이종휘의 생각을 한번 따라가 봐야겠다.

지금쯤 처가 집 마당에서 열심히 꽃대 올릴 준비 하고 있을 옥잠화를 떠올려 본다. 박종화의 시처럼 옥잠화 향기 맡을 수 있을 때까지 무던히 기다려야지.

> "미녀 같은 흰 꽃을 그대 이름 아시나, 부르기를 옥잠화 가을마다 피어서, 솔솔 부는 서풍에 향기로이 웃나니, 알아줄 이 누구요 베옷 입은 선빌세."

비비추

옥잠화

고양이가 약으로 먹는 괭이밥

화초를 키워본 사람은 안다. 어디서 왔는지도 모르게 하트 모양 잎 달고는 화분에 깊게 뿌리내리며 사는 생명력 강한 풀이 있다. 노란색 꽃 피우고는 검은 씨를 금세 퍼트려서인지 뽑아도 또 난다. 교정 화단이나 경계석 틈새에도 자리 잡고 산다. 토끼풀과 비슷하지만, 자세히 보면 확연한 하트 모양 잎 3장과 앙증맞은 노란색 꽃이 핀다. 괭이밥이다.

고양이가 속병 나면 먹기 때문에 붙은 이름이다. 동그란 하얀 꽃이 피는 토끼풀과 또 다른 점은 맛을 보면 안다. 새콤하다. 어릴 적 맛본 기억이 난다. 옥살산이라는 수산 성분이 있어 맛이 시기 때문에 '시금초', '초장초'라고도 부른다. 이 신맛 때문에 봉숭아 물들일 때 백반이 없으면 함께 짓찧어서 넣고 물들이기도 했다.

괭이밥 속 식물 전체를 옥살리스라 한다. Oxalis는 희랍어로 맛이시다는 뜻이다. 우리가 흔히 '사랑초'라고 부르는 화초도 잎이 하트 모양 닮아서이지만 본래는 '자주 잎 옥살리스'이다. 그러므로 사랑초는 잎이 큰 서양 괭이밥이라 불러도 무방하다.

괭이밥 종류들은 밤이면 잎을 오므리고 잠잔다. 빛의 자극이나 온도 변화 때문에 잎이 오므라지는 것인데, 취면 운동(就眠運動)이라 한다. 식물도 이렇게 때맞춰 자는데, 쉽게 잠들지 못하는 취면 장애가 있는 사람들이 많다. 동의보감에 우리 몸은 낮에는 양(陽) 기운이 순환하여 깨어 있고, 밤에는 음(陰) 기운의 순환으로 눈이 감기고 잠을 자는 것이라 기록돼 있다. 이 말은 몸 안에 음양의 조화가 깨지면 잠이 오지 않는다는 의미로 해석할 수 있다.

요즘 사람들이 쉽게 잠 못 드는 이유는 눈을 뜨고 있는 동안 너무 자극적인 것에 길들어서인지 모른다. 화려한 네온사인 벗어나 초저녁 집 주변을 산책하면서 괭이밥 잠든 모습을 찾아보자. 그래도 잠 못 들면 불면증에 효과 있다는 괭이밥에 솔잎과 대추를 넣고 달여 먹으면 좋다.

고양이가 제 속이 거북하면 자연에서 괭이밥을 찾아 먹어 스스로 해결하듯, 자연에 순응하는 삶을 추구하면 쉽게 잠들 수 있지 않을까?

얼마나 쓰길래, 지칭개

운동장으로 내려가는 계단 옆에 지칭개꽃이 피었다. 작년 이곳에 피었던 엉겅퀴와 비슷하게 생긴 노란 방가지똥꽃 보러 갔는데, 엉뚱하게 올해는 지칭개가 기세 좋게 자리 잡고 있다. 운동장 가 척박한 곳에 사는 놈은 작은데, 무얼 먹었는지 이 녀석은 무성하다. 엉겅퀴와 달리 줄기에 가시가 없는 지칭개는 상처 난 곳에 짓찧어 바르는 풀이라 하여 '짓찡개'라고 하다가 지칭개가 되었다. 웬만큼 우려내선 쓴맛이 가시질 않아 먹기도 전에 지쳐버려 지칭개라 했다는 이야기도 전한다.

나물 좋아하는 시아버지를 위해 며느리가 밭에서 어린순을 뜯어왔다. 배가 고프니 어서 밥 차려 오라고 시아버지가 재촉하자 "쓴맛 빼내고 있으니 잠시 기다리시라"라고 했다. 그러나 시간이 흘러도 밥상은 들어오지 않자 시아버지는 또 재촉하였다. "아가야, 지칭개(지친다 전라도 사투리) 어서 가져와라." 그 후로 나물 이름이 지칭개가 되었다니, 재밌는 이야기다.

꽃봉오리가 많아 전혀 고독하게 생기지 않은 지칭개 꽃말은 '고독한 사랑'이다. 사촌뻘인, 뻐꾸기가 울 때쯤 핀다는 '뻐꾹채', 방아깨비 분비물과 같은 진액이 나온다는 '방가지똥', 피를 엉기게 한다는 '엉겅퀴' 그리고 지칭개 모두 이맘때 만날 수 있는 정다운 친구들이다.

도대체 얼마나 쓰길래, 기다리다 지칠까? 지칭개 꽃차도 그럴까? 그 맛이 궁금하다. 곧 닥칠 잡초제거 전에 얼른 꽃 피우고 씨앗 날려라, 네 정성으로 올린 꽃봉오리야!

지칭개꽃

뻐국채

엉겅퀴

방가지똥

꽃처럼 아름다운 단풍나무 씨방

너무 빨리 닥쳤다. 내가 그 쓴맛을 보기도 전에 아저씨들 손에 지칭개는 뽑히고 말았다. 웃자랐던 것일까? 눈에 거슬렸는지도 모른다. 그럴 것 같아 빨리 꽃 피우고 씨앗 날리라 했건만, 운명인가 보다. 못생긴 나무가 산을 지킨다더니 척박한 곳, 키 작은 지칭개는 오늘도 여전히 화단 풀밭을 지키고 있다.

음악실 가는 길 단풍나무 아래 벤치에 앉아 허전한 마음을 달랜다. 햇살에 비친 단풍나무 씨방이 바람에 산들거려 마음도 따라 부풀어 오른다.

단풍나무 열매가 바람 타고 날아가는 모습을 보고 헬리콥터에 착안했다고 한다. 단풍나무 열매는 맛과 향이 없어 새들과 다람쥐 등 설치류들이 잘 먹지 않는다. 따라서 씨앗이 나무 아래로만 떨어지면 근친교배로 멸종될 수도 있다. 이 위기를 벗어나기 위한 자구책으로 바람에 쉽게 날아갈 수 있는 모양으로 씨방을 만들어 냈다.

새삼 종족 번식 본능에 충실한 자연의 신비로움에 감탄이 절로 난다. 꽃은 아니지만, 꽃처럼 아름다운 단풍나무 씨방처럼 바람 따라 멀리 날아가고 싶은 오후다.

잘린 죽순

급식실 입구에 소뿔처럼 솟은 죽순이 긴 가뭄 끝에 내린 비로 한층 더 컸다. 며칠 전 출근길, 계단을 오르다 문득 비 가림 시설 천장 안으로 힘차게 솟구쳐 오른 죽순을 보았다. 잘못 들어선 길이란 생각에 밖으로 밀어 내주어야지 하곤 2교시 후에 가 보니, 이미 목이 잘려져 있다. 잘못 들어선 길을 제때 바로잡아주지 못하면 낭패 보고 마는 교육 현실과 다름없어 매우 안타까웠다.

죽순(竹筍)이란 달을 초순 중순 하순으로 열흘씩 묶어 순(旬)으로 표시하는데, 싹이 나와서 열흘이면 대나무로 자라기 때문에 빨리 서둘지 않으면 못 먹게 된다고 하여 붙여진 이름이다. 이처럼 빨리 자라는 죽순은 아무 노력 없이 비만 오면 저절로 크는 게 아니라 땅속에서 오랜 시간을 준비한다고 한다. 실제로 대부분의 대나무는 몇 년 동안 땅속에서 영양 생장을 한 다음에 번식한다. 그래서 죽순과 대나무에 새겨진 마디마디가 주는 의미가 심장하다.

속 썩이는 아이나 처진 아이도 기다려 주면 언젠가는 저 죽순처럼 불쑥 자신을 들어 올리리라. 바르게 크도록 지켜봐 주면 높이 자라 푸른 댓잎을 피워내 사회에 필요한 일꾼이 되겠지.

죽순은 예부터 식용과 약용으로 이용했다. 한방에서는 '성질은 평하며 맛이 달고 독이 없다'라고 전해져 다양한 요리에 이용된다.

하지만 제철 음식 재료로만 보지 말고 서거정의 다음 시 구절을 음미하면서 가만히 그 성장하는 과정을 지켜보는 것은 어떨까?

> "좋은 비가 한 번 내리면 한 자가 높아지니, 늙은이는 흥이나 낚싯대 만들 것을 기약하네."

일본에서는 새로 나온 대나무가 묵은 대보다 크게 자라면 바람이 없을 거라 점치기도 했다니 얼른 더 커서 올해는 바람 피해가 없기를 소망해 본다.

뒤곁

신우대가 둘러선 내 고향 집 뒤곁은
음식을 보관할 만큼 늘 서늘했다.

어린 날, 속이 상하면
굴뚝새 찾아들 때까지 그곳에 앉아 있곤 했다.

희한하게도 눈물 없이도
뒤곁에서 바람을 맞으면 왠지 모르게 속이 시원해졌다.

어디, 나만 그랬을까?

노부모 사시는 시골집 뒤란이
신우대 우거져 어둑해지면, 가스통 배달원이
"이 집은 아들도 없나"라고 하는 소리 들으실까 봐
묵은 신우대 베어내고 한동안 서 있었다.

오 남매 커나간 시골집 뒤곁에
생량한 바람이 다시 일었다.

Coreopsis

3장

◇◇◇

눈 감으면 그만이지!

뭔가를 매달아 놓은 까닭, 양파꽃

반쯤 캔 양파밭에서 노모는 아들을 기다린다.

군데군데 목을 길게 뺀 대궁 끝에 양파꽃은 매달려 있다. 제 뿌리 녹여서 작은 별꽃을 가득 품어서인지 꽃을 단 양파는 늙은 어미 젖가슴처럼 볼품없이 길쭉하다.

가끔 찾아오는 거리만큼 떨어져 모자는 말없이 양파를 뽑는다. 양파껍질 색으로 물들기 시작한 구름 위로 별이 잉태될 무렵, 노모는 잠시 손을 놓고 말한다. 양파 심는 법 알려준 동네 할아버지 돌아가고, 양파 주면 고마워하던 옆집 할머니 이젠 볼 수 없어, 들릴 듯 말 듯, 혼잣말이 아련하다.

순간, 뒷산 뻐꾸기가 울었다. 노모는 한숨 내쉬듯 말을 잇는다. 요새는 뻐꾸기 울음소리가 왜 이리 슬프게 들리는지 모르겠다고.

마당에 모여진 양파를 노모는 굳이 엮은 마늘처럼 망에 넣어 처마 밑에 매달아 놓는다. 이것은 가끔 찾아오는 친척 아저씨 것, 저것은 막내아들 것, 제일 크고 실한 것은 매달리지도 못할 무게로 담겨 아들 차에 실린다.

이제 장마 지면 매달린 양파 바라보면서 객지로 나가 별이 된

자식 걱정에 시름도 따라 길어지리라. 울안 살구는 뚝뚝 떨어져도 예전처럼 주워 먹는 사람 없지만, 매달린 마음을 아는 양파는 모두 제 주인 찾아가겠지.

뭔가를 매달아 놓는다는 것은 어떤 염원이 있기 때문이다.

괜히 시든 게 아니야, 섬초롱꽃

행정실 앞 섬초롱꽃이 시들고 있다. 바스락거리는 시든 꽃잎 끝에 아주 작은 씨방이 만져진다. 시든 꽃을 주로 그리는 화가가 있다. 그는 시든 꽃에서 절망이 아닌 희망을 그린다고 했다. 나도 그 의미 담아 새 생명을 잉태한 시든 꽃을 사진에 담았다.

시들기 전 섬초롱꽃은 같은 교복 입은 학생들이 고개 숙이고 조는 것처럼 보인다. 모양이 초롱꽃과 같지만, 자세히 보면 연한 자주색 바탕에 짙은 반점이 많다. 울릉도에서 직접 보았던 그대로인 우리나라 특산식물이다.

초롱꽃은 꽃 모양이 옛날 밤길 밝히기 위해 들고 다니던 초롱과 비슷한 데서 비롯되었다. 속명인 캄파눌라(Campanula)는 라틴어로 '점이 많은 작은 종'이라는 뜻이라니, 보는 시각이 참 재밌다.

학명은 'Campanula takesimana Nakai'이다. 식물은 처음 발견한 사람이 학명을 만들어 발표하면 국제적으로 그대로 통용된다. 그래서 일제 강점기 나카이가 불경스럽게도 다케시마를 붙인 이름을 여태 쓰고 있으니, 슬픈 일이다. 나카이는 꽃송이 전체가 진한 보랏빛을 띠는 우리 고유종 금강초롱에도 자기 연구를 도와준 초대 일본공사 하나부사를 붙이는 등 우리 고유종 16%에 일본 이름을 올렸다. 북한은 자존심이 상했는지 금강초롱꽃 속명을 '하나부사야' 대신 '금강사니아(Keumkangsania)'로 바꾸어 사용한다. 우리도 섬초롱꽃에 들어간 '다케시마나' 대신 '울릉도니아'로 바꿔 부르면 어떨까? 그러면 나카이를 지우고 싶어 하는 할미꽃과 미선나무도 좋아하리라.

뭐가 부끄러운지 꽃들이 모두 지면을 향하고 있다. 위에서 보면 그 속을 알 수 없다. 뒤집어 보면 벌들이 수시로 드나드는, 있을 거 다 있는 아름다운 꽃이다. 똑같아 보이는 아이들도 좀 더 가까이 다가가 들여다보면 예쁜 구석 하나씩은 지니고 있다. 그걸 찾아내 칭찬하자. 그러면 섬 초롱 꽃말처럼 '열성에 감복'하여 모두 고개 숙이는 상상은 헛된 꿈일까?

마당 쓸고 떨어지기를 기다리는 꽃잎은 아니지만 시든 후에도 씨방을 둘러싸고 있는 섬초롱꽃이 말한다. "괜히 시든 게 아니라고."

눈 감으면 그만이지, 개오동나무꽃

출퇴근 길 가로수가 개오동 나무인 곳이 있다. 그 나무에 꽃이 피었다. 관심 없이 지날 때는 핀 지도 몰랐다. 어제는 퇴근길에 가까이 가 보았다. 다가설수록 향기가 난다. 꽃도 그냥 하얀색인 줄 알았는데, 안을 보니 소박한 문양이 있는 복주머니 같다. 지금껏 상상 속 새인 봉황새가 둥지 튼다는 벽오동 나무로 알았다. 큼직한 잎 모양과 수형이 비슷하여 오동이나 벽오동 같아 보이지만 엄연히 다른 나무다.

꽃을 보면 확연히 다르다. 오동은 5월에 보랏빛 나팔 모양으로 피지만, 개오동은 연한 노란색이며 그 안쪽 양면에 주황색 선과 자주색 점이 있다. 달콤한 향기를 품고 있는 팝콘 같기도 하다. 이렇게 향기로운 꽃을 지녔는데 어찌 개오동일까? 식물 이름에 '개'가 붙으면, 개나리 개살구처럼 다소 부정적인 이미지가 있다. 옛날에는 오동보다 못한 재질 때문이었겠지만 지금은 오동보다 못난 게 없다.

조선 후기 인왕산 골짜기에 중인 출신 위항 시인* 장혼이 살았다. '그만(而已)'이라는 표현을 즐겨 쓴 그는 "내 천명을 따르면 그만이다." 하면서 자기 집을 이이엄(而已广)이라 했다. 그는 평생 소망을 담은 '平生志'에 상상 속 정원에 대해 말했다. 그중에 "벽오동 나무 한 그루를 사랑채 옆에 심어 서쪽 달빛이 나뭇잎 사이로 쏟아지게 해야지."가 나온다. 이 글을 보았을 때 나도 만약에 전원주택을 지으면 따라 해보고 싶다고 생각하였다. 태평성대를 꿈꾸며 봉황을 기다리는 자보다 장혼의 풍류가 더 정감이 간다.

장혼은 '평생지' 끝에 평생의 소망을 달성하기 위한 구체적 목표를 적어 놓았다. 그중 맑은 복(淸福) 여덟 가지가 있는데, 반만이라도 갖출 수 있기를 소망해 본다.

"태평 시대에 태어난 일, 서울에서 사는 것, 요행히 선비 축에 낀 것, 글을 대충 아는 것, 산수가 아름다운 곳을 차지한 것, 꽃과 나무 천 그루를 소유한 것, 마음 맞은 벗을 얻은 것, 좋은 책을 소유한 것"

오늘 저녁에도 개오동나무 아래에 서 보아야겠다. 벽오동과 달빛이 아니면 어떤가? 가로등 불빛 아래 개오동 꽃향기에 흠뻑 취해 눈 감으면 그만이지!

*위항 시인: 위항 문학(委巷文學)은 조선중기와 후기에 한성부에서 중인층이 주도한 문학 운동이다. 여항 문학(閭巷文學)이라고도 한다. 위항 문학 운동은 시사(詩社)를 조직하고, 공동 시집을 냈으며, 공동 전기(傳記)를 내 중인의 역사를 정리하였으며, 중인의 신분 상승 운동으로도 이어졌다.

흔들리며 피는 꽃 주인공, 금계국

시인 도종환은 "우리가 이해할 수 없지만, 분명히 존재하는 언어에 귀 기울여보라"라고 했다. 모든 사물은 그들 언어로 소통하니 아름다운 것과 만나면 잠시라도 멈춰 만끽해보라는 뜻이다. '흔들리며 피는 꽃'도 그렇게 우연히 금계국에 다가가 썼다고 한다.

> "코스모스인 줄 알았던 꽃이 주황색이었고, 주황색 코스모스는 없다는 사실이 떠올랐다. 그렇게 다가가니 흔들리지 않는 꽃이 없고, 젖지 않는 꽃이 없다는 생각이 들었다. 사람 사는 것도 마찬가지라는 생각을 했다."

역시, 멈춰 설 줄 아는 사람이 시인이라고 말한 그대로이다. 금계국(金鷄菊)은 벼슬이 황금색인 닭 금계(金鷄)처럼 아름다운 국화라는 이름이다. 북아메리카 원산인 국화과 한 두해살이풀로, 1920년 전후에 들어온 귀화 식물이다.

올해도 어김없이 생물실 앞 언덕에 소담히 피었다. 이맘때면 도로변 잘린 땅이나 공원 산책로를 온통 노란색으로 물들인다. 하늘 향해 환하게 웃고 있어, 바라보면 꽃말처럼 '상쾌한 기분'이 든다.

6월 수능 모의평가 본 3학년 교실 공기가 무겁다. 고3 학생들 얼굴도 따라서 어둡다. 그래서 도종환 시를 읽어주었다. 쉬는 시간에 나가 금계국 보고 기분을 전환하라고도 하였다. 작년에 금계국 꽃차를 마셔보았는데, 맛보다도 찻물 색이 고왔다. 올해도 찻잔을 황금색으로 물들여 환해진 얼굴 담아야지.

일본 사람들이 나팔꽃을 좋아하는 이유

출근하자마자 운동장 끝으로 향했다. 철조망 울타리 타고 오른 나팔꽃을 보기 위해서다. 점심 후에 가면 만개한 꽃송이를 볼 수 없다. 붉은 자주색에다 담청색 미국나팔꽃까지 기대대로 웃는 얼굴로 맞아주었다.

나팔꽃은 인도가 원산지인 귀화 식물로 메꽃과에 속한다. 하지만 토종인 메꽃과는 여러모로 구분된다. 메꽃은 분홍색 하나지만 나팔꽃은 푸른 자주색, 붉은 자주색, 붉은색 등 여러 빛깔로 핀다. 메꽃은 한낮에도 피지만 나팔꽃은 새벽에 봉오리가 터지기 시작해 아침에 활짝 핀다. '모닝글로리(Morning glory)'로 불리는 이유다. 오후에는 꽃잎이 시들어 떨어진다.

벌어진 통꽃 속에서 나팔 소리가 나와 울려 퍼질 듯한 모습이어서 나팔꽃이다. 나팔꽃은 원래 씨앗을 약으로 쓰기 위해 들여왔다. 견우자(牽牛子)라 부르는데, 씨앗 대가로 소 한 마리를 끌고 와서 생긴 이름이라니, 그 효능이 대단한가 보다. 요통과 오랜 체증으로 배 속에 덩어리가 생기는 병에 효과가 있다고 한다.

나팔꽃은 일본인들이 특히 좋아한다. 일본 이름은 아사가오(朝顔), 즉 아침 얼굴이란 뜻이다. 에도시대 부유한 상인들은 남이 못 가진 진귀한 색상 나팔꽃 키우는 것을 자랑으로 여겼다. 백중날에는 고마운 분에게 나팔꽃을 그려 편지를 썼다고 한다. 언젠가 일본 사람들이 나팔꽃을 좋아하는 이유를 읽은 적이 있다.

> "일본은 자연재해가 잦아 언제 죽을지 모르기 때문에 사람들은 머리로 생각하는 이성보다는 가슴과 오감으로 느끼는 감성에 민감하다. 벚꽃과 나팔꽃같이 피었다가 금방 지는 꽃을 좋아하며 순간순간 찰나의 아름다움을 소중하게 여긴다."

우리 선비들이 돌과 소나무처럼 오랫동안 변치 않는 지조와 절개를 중요하게 여겼지만, 일본인들은 이슬이 내려앉은 나팔꽃을 소중하게 바라보았다는 해석이다.

때마침 오늘은 음력 7월 15일 백중(百中)이다. 백중은 원래 불교 의식 우란분재(盂蘭盆齋)에서 왔다. 우란분재는 배고픈 아귀도에 떨어진 망령을 위하여 음력 칠월 보름 앞뒤 사흘간 여러 가지 음식을 만들어 조상이나 부처에게 공양하는 것을 말한다. 명칭 자체가 이때쯤 온갖 과일과 채소가 많이 나오기 때문에 백 가지 곡식 씨앗을 갖추어 놓은 데서 유래하였다. 민간에서는 백중 무렵 논매기가 일단락되어 호미를 씻고 머슴들에게 하루 쉬게 했기 때문에 '머슴날'이라고도 한다. 죽은 사람 넋이 극락으로 가도록 기원하는 천도와 일꾼들의 축제라는 의미를 함께 담고 있지만, 근본은 효(孝)이다.

많은 시인이 나팔꽃 시를 썼다. 그중에 독특하게도 아버지를 떠올린 정호승 시인의 시에 눈이 간다.

"아침마다 창가에 나팔꽃으로 피어나 자꾸 웃으시는 아버지"

이 시 읽고 고향 집 아버지께 안부 전화를 드렸다. 그리고 일본 풍속 따라 나팔꽃 사진을 지인에게 보냈다. 얼마 후, 문기(文氣)와 화기(畫技)를 지닌 윤 선생님으로부터 죽순 껍질에 악(樂)을 그린 책갈피가 되어 되돌아왔다. 즐겁다.

나팔꽃 꽃말은 '허무한 사랑' '그리움'이지만 오늘은 나에게 기쁨을 전해주었다. 기원하면 의미가 된다 했다. 먼저 방긋 웃어주어 기쁨을 전해주는 나팔꽃이 되고 싶다.

개미 夢

격정의 질량이 차올라 시공이 뒤틀리던
나팔꽃 안이 갑자기 술렁인다.

자화수분 중인 1개의 암술과 5개의 수술,
부풀어진 수술들이 서로 비벼 꽃가루를 뿌리면
화심(花心) 속은 빛조차 탈출할 수 없는 무중력 판타지
이때, 개미 한 마리가 화심에 접근하고 있다.

충매(蟲媒) 아니기에 방심했던 나팔꽃은
은밀한 황홀경을 훔쳐본 개미를 놓아줄 수 없다.
경사진 통꽃을 흔들자 향기에 취한 개미는
낭떠러지 화심으로부터 벗어나려고 발버둥 친다.

사건의 지평선,
블랙홀로부터 탈출할 수 없어지는 경계에서
개미는 헤매고 있다.

개미 몽(夢)

교무실 책상에
윤 선생님이 그린 책갈피가 놓여 있다.

개미가 지나간 자국이
선명한 캘리그래피로 남아있다.

"오늘도 교단에 선다는 것이 얼마나 행복한 설레임인가!"

블랙홀에 빠져도 돌아올 수 있는 길이 있다면,
그것은 오직 열정 불변의 법칙뿐이다.

가죽나무 위에 높이 피어야 제 멋인 능소화

옛날 어느 궁궐에 소화라는 궁녀가 살았다. 하룻밤 성은을 받아 처소가 마련되었지만, 임금은 다시는 찾아오지 않았다. 기다림에 지친 여인은 결국 상사병으로 죽어 담장 가에 묻혔다. 이듬해 여름날, 담장을 덮은 넝쿨 따라 주황색 꽃이 곱게 피어났는데 바로, 능소화이다. 그래서인지 사랑하는 사람 발소리를 그리워하며 핀다는 능소화는 아름답다 못해 차라리 처연하다.

능소화는 업신여김을 의미하는 '능(凌)'과 하늘을 의미하는 '소(霄)'자를 합쳐 만들어졌다. 하늘을 업신여길 정도로 높이 자라는 꽃이란 뜻이다. 서양에서는 중국 원산으로 트럼펫을 닮은 꽃 모양과 타고 올라가는 성질 때문에 'Chinese trumpet creeper'로 부른다. 능소화 생태를 잘 설명하는 이름이다.

능소화는 양반을 상징하였다. 조선 시대 과거시험 장원 급제자 화관에 꽂았던 꽃이며, 동백처럼 송이 채 의연하게 떨어지는 모습에서 양반들은 지조와 절개를 읽어냈다. 특히, 비 온 뒤 낙화는 가지에 매달린 꽃송이보다 오히려 운치 있다. 그러니 꽃말처럼 '명예'를 중시하던 양반들이 어찌 사랑하지 않았겠는가. 평민이 심으면 곤장 맞았다는 이야기와 더불어 꽃가루를 만지면 실명한다는 이야기도 함께 전해진다.

시인 이원규는 '꽃이라면 이쯤은 돼야지'에서 "오래 바라보다 손으로 만지다가 꽃가루를 묻히는 순간 두 눈이 멀어버리는, 사랑이라면 이쯤은 돼야지"라고 표현했다. 사실 실명 이야기는 좀 과장되었다. 꽃가루에 갈고리가 있어 눈에 들어갔을 때 심하게 비비면 각막에 손상이 올 수 있다지만, 실명했다는 사람은 찾을 수 없다고 한다. 아마도 양반들이 자신들 전유물로 여긴 특권 의식에서 나왔거나 아니면 평민들 스스로 화를 막기 위해 만들어 낸 이야기로 보인다.

교정 중앙계단 옆 능소화가 피어 시비(詩碑)를 반쯤 덮었다. '능소화 피면 장마진다'라는 말마따나 장마의 시작을 알리는 비에 낙화도 볼 수 있다. 그런데, 뭔가 아쉽다. 내 어릴 적 어머니는 새집 짓고 이사하면서 담장 가에 있던 가죽나무 아래에 능소화를 심으셨다. 역시, 능소화는 높은 가죽나무 위에 피어야 제 멋이다. 지금쯤 고향 집 담장 가 가죽나무 타고 올라 피었을 능소화가 그리운 오후다.

63-7

꽃이라면 이쯤은 돼야지

오래 바라보다
손으로 만지다가
꽃가루를 만지는 순간
두 눈이 멀어 버리는
사랑이라면 이쯤은 돼야지

슬픔이라면
저 능소화만큼은 돼야지

능소화, 이원규

진심과 변심 사이, 수국

교장실 앞 화단에 수국(水菊)이 피었다. 원래 이름은 수구화(繡毬花)로 비단으로 수를 놓은 것 같은 둥근 꽃이란 의미다. 수구화에서 수국화, 수국으로 변했다. 가물어서 메마른 요즘 쉽게 시드는 것을 보면 물을 좋아하는 성질 따라 대체로 장마철 전후에 핀다.

수국 학명에는 'Otaksa'가 들어가 있는데, 여기에는 사연이 있다. 19세기 식물조사단원으로 일본에 온 네덜란드 사람이 '오타키'라는 기생과 사랑에 빠졌다. 하지만 오래지 않아 변심한 그녀는 다른 남자에게 가버렸다.

가슴앓이하던 그는 수국 학명에 '오타키'의 높임말인 'Otaksa'를 넣었다. 밉지만 진정 사랑해서인지, 아니면 변심한 애인 이름을 나쁜 마음으로 영원히 남기려 했는지는 알 수가 없다. 다만, 처음에는 연보라색이 푸른색으로 변했다가 다시 연분홍빛으로 시기에 따라 색깔을 달리하는 수국만이 그 마음 알려나. 오늘날 수국 대부분은 원예품종으로 일본에서 만들어졌다. 그 과정에서 암술과 수술이 없어져 씨를 맺을 수 없다. 아름다운 꽃도 사실은 꽃이 아니라 꽃받침 모둠인 거다. 아름다움 뒤에 무성화의 아픔을 지니고 있으니 바라볼수록 애잔하다.

수국 색깔은 피는 시기뿐만 아니라 토양 산성 농도에 따라 여러 가지로 변한다. 산성이면 청보라색, 알칼리성이면 연분홍색으로 변하니, 사람들이 꽃말을 변심, 처녀의 꿈이라 하는 것도 이해간다. 하지만 또 다른 꽃말은 '진심'이다. 시든 수국에 물을 주면 금방 생기가 올라오는 것처럼 매사 매일 물을 주듯 정성을 다하면 그 진심은 통할 것이다. 그래서 진심을 주고받는 사이가 되라는 뜻에서 수국이 웨딩 부케로 사용되는 것은 아닐까?

감로차, 이슬차로 불리는 수국차는 당도가 아주 높은 달콤한 맛을 낸다고 하니, 한번 마셔봐야겠다. 정성 다해 우리면 그 아름다움만큼이나 맛도 좋아 변덕스럽지 않겠지.

진심과 변심 사이의 틈새를 메울 수 있는 것은 오직 성심뿐이다.

어떻게 여기까지 왔니, 미국 미역취꽃

대륙을 떠나 어떻게 여기까지 왔니?

난간에 자리 잡은 너처럼 시시로 위태로운 나도 이렇게 살아가는 까닭 모를 때가 있다. 죽었나 싶어도 매년 꽃 피우는 너를 보면, 이제 꽃피울 일 없을 것 같아 내가 더 이방인 같은 날은 더 외롭다.

급식실 입구 화단 구석 난간에 미국 미역취꽃이 피었다. 아메리카 원산이 어떻게 이곳에 자리 잡았는지 궁금하다. 국화과 관상용으로 들여와 심은 것이 지금은 이렇게 전국으로 퍼져 자라고 있다.

해방 후 들어온 귀화 식물들은 대체로 키 크고 번식력이 왕성하다. 아무래도 낯선 타향살이에 더욱 강해지는 사람 습성을 닮았나 보다. 꽃도 많이 달려 화려하지만, 번식력이 좋아 토종 식물을 감소시키기 때문에 생태계 교란 종으로 지정됐다. 언젠가 순천만 갈대를 위협할 정도로 퍼져나가 제거한다는 뉴스를 본 적 있다.

원래 미역취는 토종 나물이다. 나물 맛이 미역 맛을 닮았다고도 하고 꽃대가 나오기 전 잎이 축 늘어져 마치 미역을 연상시키기 때문에 붙은 이름이다. 미역취와 달리 미국 미역취는 맛이 너무 써서 먹지 못한다.

미국 미역취꽃은 원줄기 끝에 노란색 자잘한 꽃이 총상 꽃차례로 달린다. 꽃이 피어있는 생김새가 '꽃차례'인데, 계속해서 오랫동안 새로운 꽃을 만들어 내는 것을 '총상 꽃차례'라고 부른다. 자세히 보면 아래쪽 꽃이 먼저 피고 끝에 있는 꽃이 가장 늦게 핀다. 총상(總狀)에 '거느릴 총' 자가 쓰인 이유를 알만하다.

생태계 교란 종으로 낙인찍힌 미국 미역취에서 최근 국내 연구진이 인체에 해가 없는 친환경 천연 살충 성분을 개발했다는 소식이 들린다. 역시, 세상에 무의미한 존재는 없는가 보다. 무조건 퇴치하는 것보다는 적절한 수준으로 균형 잡아 공생할 방안을 모색해야 한다. 어차피, 지금은 생태계도 예외일 수 없는 다문화 시대 아닌가. 상호 공존해가며 살다 보면 언젠가는 외로움 떨쳐내고 우리가 되겠지.

당신이 꽃이라면?

교정에 접시꽃이 피었다. 접시꽃 하면 도종환 시인의 '접시꽃 당신'이 제일 먼저 떠오른다. 암으로 세상 떠난 아내를 그리워하며 쓴 시로 만인의 심금을 울렸다. 접시꽃은 촉규화(蜀葵花)라고도 하는데, 현재 쓰촨성인 중국 촉(蜀)에서 나는 아욱의 다른 이름이다. 그래서인가 지난 주말 시골집 텃밭에 핀 아욱꽃을 뻥 튀겨 놓은 듯 닮았다. 또한, 꽃 모양이 무궁화와 비슷한 것도 같은 아욱과라 그런가 보다.

소아시아와 중국 원산이며, 꽃 이름 그대로 제기용 갈색 나무 접시를 닮은 넓죽한 얼굴에 줄기는 곧게 자란다. 주로 시골집 대문 옆에서 피는데, 그 이유가 전설 속에 남아있다.

먼 옛날 화왕이 궁궐 뜰에 제일 큰 화원을 만들기 위해 세상 모든 꽃을 모았다. 이 소식이 서역에도 전해져, 옥황상제 명으로 그곳 꽃을 가꾸던 관리가 외출한 틈을 타 꽃들이 다 떠났다. 관리가 돌아와 보니 평소 눈길 주지 않던 대문 밖 접시꽃만이 남아 주인을 기다렸다. 그래서 끝까지 집을 지켜준 접시꽃을 사랑하게 되었다. 그때부터 접시꽃을 대문 지키는 꽃으로 삼게 되었다는 이야기다.

그래서 꽃말이 '애절한 사랑' 말고도 '열렬한 사랑'이 되었나 보다. 세월은 흐르고 사람의 정은 오래가지 못하는 게 인지상정인지라 탓하는 게 무상하지만, 시인은 '접시꽃 당신'의 순애보를 뒤로 하고 재혼한 현실 정치인이 되었다. 사람들은 배신당한 순정이라 욕하기도 하지만 나는 '접시꽃 당신'의 진심을 믿는다. 그도 살아가면서 희로애락을 같이할 새로운 동반자가 필요했으리라. 그래서 그는 후작 '내가 사랑하는 당신은'에서 "당신이 꽃이라면 꽃 피우는 일이, 곧 살아가는 일인 콩꽃 팥꽃이었으면 좋겠어"라 했는지도 모른다.

메마른 오후가 완행열차처럼 느리게 흘러가는 여름날이다. 시인이 사랑한 사람이 접시꽃 당신이었던 때처럼 옥수수 잎에 빗방울이 후드득 떨어졌으면 좋겠다.

아욱과 접시꽃

아욱꽃

접시꽃

긴 기다림 끝, 접시꽃

한동안 성적 감사와 컨설팅을 받느라 정신없이 사는 동안 계절은 어김없이 초여름에 접어들었다. 교문 앞 진입로가 화사하다. 여름꽃인 접시꽃이 이제야 눈에 들어왔다. 어느 시인은 꽃을 보는 동안 환해지는 얼굴과 온기 있는 마음이 꽃을 더 예쁘게 한다고 했다. 그 마음으로 접시꽃을 바라보았다.

나는 안다.

꽃이 피는 데는 정성과 기다림이 필요함을. 우리 학교 행정실장님은 꽃을 좋아한다. 고향 동네 어귀에 예쁘게 핀 접시꽃 씨를 색깔별로 채취하여 파종했는데 그해에는 꽃을 볼 수 없었다. 접시꽃은 두해살이이기 때문이다. 보통 식물 생장은 영양 생장과 생식 생장으로 구분한다. 접시꽃은 첫해 잎과 뿌리를 키우다가 겨울나고 이듬해 본격으로 성장하여 꽃을 피운다.

나는 보았다.

씨앗 뿌리고 거름 주고 꽃을 감상하는 행정실장님의 발걸음과 손길 그리고 눈길을. 그리고 배운다. 교육이 그러해야 함을. 사람이나 식물 모두 일정 시기에는 거기에 어울리는 모습과 필요한 성장 요소가 있다. 상황에 맞는 정성 담긴 맞춤 교육과 꽃이 필 때까지 기다려 주는 인내와 공감의 시간이 필요하다.

나는 생각한다.

문제 푸는 것보다 꽃 피고 짐에 기뻐하고 슬퍼할 줄 아는 사람을 길러냄이 더 중요하다고. 그래서 넓은 교정 구석구석에 학생들과 함께 씨 뿌리고 꽃 피워 기뻐하는 얼굴과 온기 도는 마음이 넘치는 학교가 되기를 꿈꾼다.

접시꽃은 곧은 꽃대 맨 아래서부터 순서대로 차례차례 위로 올라가면서 핀다. 그래서 아래서부터 차근차근 위로 승진한다는 의미를 두고 옛 선비들은 정원에 심어 가꾸었다. 결과와 경쟁 중심 사회에 사는 사람들에게 벼락출세보다는 기다림과 인내의 의미를 되새겨 볼 수 있게 하는 꽃이었던 거다.

접시꽃은 일본인들도 좋아한다. 교토 3대 축제 하나인 '아오이 축제'는 매년 5월 15일에 열린다. 그 기원은 1,400년 전 아스카 시대 때부터다. 자연재해와 역병으로 백성들이 고통받자 가모(嘉茂) 신이 노한 것으로 생각하고 제를 올렸다. 이때 접시꽃인 '아오이'를 몸에 붙였다. 지금도 일본인들은 접시꽃이 지진 같은 자연재해로부터 혹은 갓 태어난 신생아를 지켜준다고 믿는다. 도쿠가와 이에야스 가문 문양도 접시꽃이다. '기다림' 하면 도쿠가와 이에야스 아닌가? "사람의 일생은 무거운 짐을 지고 먼 길을 감과 같다"라고 말한 그가 접시꽃을 상징 문양으로 삼은 뜻은 쉽게 이해할 수 있다.

접시꽃 씨앗이 여물면 색깔별로 모아, 올가을 아파트 정원과 고향 집 대문 앞에 심어야겠다. 긴 기다림 끝, 내년 여름에는 색색으로 피어, 많은 사람 얼굴에도 꽃이 피었으면 좋겠다.

세탁소의 풀, 비누풀꽃

어느 시인은 “이름을 불러주는 일이 바로 사랑을 실천하는 일”이라 했다. 친구, 학생은 물론이고 꽃도 이름 불러주면 좋아할 게 분명하다. 더 나가 모르는 사람에게 알려주는 일은 큰 즐거움이다. 그런데, 교정에 핀 꽃 이름 하나를 몰라, 며칠 전부터 궁금하였다. 그 답답한 마음을 오늘에서야 풀었다. ‘6, 7월에 피는 흰 꽃’으로 검색해도 알 수 없었던 이름을, 꽃나무 식물 이름 찾기 밴드 모임 통해 알았다. 사진 찍어 올리자마자 고수들이 댓글로 알려주었다. ‘비누풀꽃’이다.

비누풀(soapwort)은 잎, 줄기, 뿌리에서 거품이 나는 신기한 식물이다. 중세 유럽에서는 빨래터 근처에 심어 비누로 사용하여 ‘세탁소의 풀’이라는 별명이 붙었다. 솝워트는 Soap(비누), wort(풀)라는 이름이 말해주듯 비누로 쓰이는 다년생 식물이다. 여름 내내 피고 지는 흰색 또는 연분홍빛 꽃에서는 달콤한 향이 나며, 꽃받침은 길쭉한 모양이다. 그 생김새가 장구 칠 때 사용하는 채를 닮았다고 해서 ‘거품장구채’라고도 부른다.

비누풀은 스위스 알프스 지방에서는 양털을 깎기 전 양을 깨끗이 씻기는 데 사용했다. 또한, 추출액은 머리 감는 순한 샴푸로 사용할 수 있으며, 특히 뿌리 부분은 여드름, 습진 등 세정액으로도 효과가 있다. 그래서인지 최근에는 화장품 클렌저 제품에 사용된다.

비누풀은 2010년 산림청 국립수목원이 최근 5년 동안 진행해 온 '귀화 식물의 유입경로별 분포 조사' 결과, 우리나라에 완전히 안착한 귀화 식물로 구분되었다. 이름을 알고 바라보는 '비누풀꽃' 아니, 더 정감 가는 이름 '거품장구채꽃'이 향기롭고 예쁘다.

거품장구채는 세척 능력이 있어 학생들에게 호기심을 유발하여 교육 활용도가 매우 높은 식물이다. 유럽에서는 물에 끓여 세안제로 사용한다. 비누, 샴푸 등 화학제품을 꺼리는 일반인들을 위해 실생활에서도 활용할만하다. 오늘은 오랜만에 아내 이름을 부르며, 비누풀 세안제를 만들어봐야지.

단아한 새색시, 메꽃

교훈 탑 옆에 연분홍 메꽃이 피었다. 단아한 새색시 같아 제일 좋아하는 야생화다. 나팔꽃을 닮았으나 구별된다. 나팔꽃은 일 년생으로 아침에 피는 데 반하여 메꽃은 한낮에 피는 다년생이다. 어린순은 나물로 땅속줄기는 삶아 먹을 수 있다. 녹말이 많아 춘궁기에는 식량 구실을 해주었다.

꽃잎이 모두 붙어서 하나로 합쳐진 통꽃이다. 아침에 피었다가 해 떨어지면 지는, 피고 짐을 반복해 여름 내내 꽃을 볼 수 있다. 그래서 매우 오래가는 꽃으로 인식하기 쉽다. 하지만 한번 핀 꽃은 하루 만에 지고 다음 날 새로운 꽃봉오리에서 핀다. 수술 5개와 암술 1개가 꽃송이 깊숙이 자리하고 있어 꽃가루받이해도 열매를 잘 맺지 못한다. 그래서 '고자화'라 불린다니, 어쩌면 슬픔 가득 담아 피는지 모른다.

메꽃은 낮에 활짝 피었다가 저녁이면 시들기 때문에 주안화라고 부른다. 일본에서 나팔꽃은 아침에 핀다고 '아사가오(あさがお 朝顔)', 메꽃은 낮에 핀다고 '히루가오(ひるがお 昼顔)', 밤 메꽃은 밤에 핀다고 '요루가오(よるがお 夜顔)'라 부른다니, 이 또한 재밌다. 근래에 모 방송사에서 일본 후지 TV에서 방영한 드라마 '메꽃, 평일 오후 3시의 연인들'을 리메이크하였다. 한 가정의 아내가 불륜에 빠지는 내용인데, 인간 본연의 외로움을 담아냈다고 한다. 제

목이 주는 바를 한참 동안 생각해보고, 바라본 메꽃은 고독해 보여 더 아름다웠다.

메꽃은 자라는 습성이 덩굴성으로 땅속줄기가 사방으로 길고 깊숙이 뻗어나간다. 그래서일까, 꽃말이 '서서히 깊숙이 들어가다.'이다.

변함없는 사철나무

기실 그것은 지나친 욕심이었다. 작은 들꽃까지 자세히 볼 요량으로 과학 선생님께 부탁해 돋보기를 얻었다. 솜털까지 보이는 그 오묘함에 감탄한 적이 한두 번이 아니었다. 돋보기 때문에 꽃 보는 즐거움은 더해갔다.

교정 곳곳에 사철나무꽃이 피었다. 사철나무는 주로 울타리용으로 심지만 정원수로 가꾸기도 한다. 사철 푸르지만 화려한 꽃을 피우는 것도 아니고 곱게 단풍 드는 일도 없다. 주목받지 못해도 이처럼 묵묵히 꽃을 피워냈다. 솔직히 사철나무에 꽃이 피는지 몰랐다. 돋보기로 들여다보니 작은 꽃잎, 네 개가 마주 보는 연한 녹색 꽃이다.

사철 푸른 까닭에서인지 꽃말도 '변함없음'이다. 강렬한 색채와 화려한 문양 꽃들에 길든 내 눈을 잠시나마 정화해본다. 열매는 콩알만 하게 주황색으로 익는다. 겨울이 오면 넷으로 갈라져 붉은 씨 내밀어 자기 존재를 다시 한번 드러낸다. 흰 눈이 쌓인 푸른 잎 사이에 붉은 열매 달고 있던 사철나무를 본 기억이 난다.

문득, 허락도 없이 돋보기를 들이대면 꽃들도 부끄러워하지 않을까? 처지 바꿔 누가 나를 돋보기로 바라본다면 부끄러움을 넘어 무척 화가 날 것이다. 혹시, 꽃들에 무심코 들이대는 것처럼 주위 사람들도 돋보기로 바라보고 있지는 않은지 되돌아본다. 나이 먹어갈수록 자기 치부보다는 남 허물이 잘 보이는 것은 나만의 병인가? 나이 들면 원시가 되는 것은 세상을 멀리 널리 보라는 뜻이라는데.

남이 나를 돋보기로 바라보아도 사철나무처럼 변함없는 사람으로 보이길 희망하면서, 먼 산 한번 바라본다.

사철나무는 겨울에도 푸르러 '冬青木'이라고도 부른다. 옛 성현들은 날씨가 추워진 뒤에야 소나무와 잣나무의 푸르름을 안다며 송백을 칭송했지만, 어찌 그 절개가 송백뿐이겠는가? 흰 눈이 쌓여도 푸르름 잃지 않는 겨울 사철나무와의 만남을 기약해본다.

Evening primrose

4장

◇◇◇

그리움이 쌓이면 꽃이 될까?

백제 부흥의 꿈, 원추리

얼마 전 백제 역사유적지구가 유네스코 세계유산에 등재되었다. 그래서 그런지 백제고도 부여 궁남지 주변 원추리꽃이 더 훤해 보인다. 원추리는 백제 멸망의 한을 담고 피는 전설 속 꽃이라 더 그렇다.

백마강 변에 효심 깊은 두 형제가 살았다. 황산벌 전투에서 아버지는 전사하고 어머니마저 화병으로 돌아가셨다. 형제도 병이나 어떤 약을 써도 좀처럼 나을 기미가 보이지 않았다. 그러던 어느 날, 꿈속에 부모님이 원추리꽃을 들고 나타나 말하기를 "이 꽃을 먹어라, 근심 덜어내고 백제 부흥을 기약하라."라고 했다. 꿈속 부모님 말씀대로 형제는 원추리꽃을 달여 마시고 병석에서 일어나 백제 부흥 운동을 벌였다. 그 뒤 사람들은 이 꽃을 가리켜 근심을 없애 주는 꽃이란 뜻으로 '망우초(忘憂草)'라 불렀다. 실제로 원추리는 심신 안정과 우울증 치료에 효과 있다. 또한, 부여에는 백제 망국 한을 담고 있는 원추리를 재배하는 원추리 마을도 있다.

원래 훤초(萱草)라고 부르던 것이 원초로 바뀌고 접미사 '리'기 붙어 '원추리'가 되었다. 아들 낳게 하는 꽃이라 하여 의남초(宜男草)라 부르기도 하고 임신한 부인이 꽃을 말려 주머니에 넣고 다니던 풍속도 있다. 남의 어머니를 훤당(萱堂)으로 높여 부르기도 한다. 이처럼 원추리꽃은 어머니와 관련이 많다. 뜰에 원추리 심어

놓고 바라보며 근심 많은 한평생 잊으려 했으리라. 원추리 꽃말은 '기다리는 마음'이다. 꽃말 때문인지 하늘 향해 먼 곳을 응시하는 모습이 뭔가를 염원하거나, 누군가를 기다리는 모습 같다.

교내 곳곳에도 원추리꽃이 한창이다. 제초작업으로 잎이 다 잘리고도 마치 상사화 꽃무릇처럼 꽃대를 올려놓았다. 그 모습 기특하면서도 애달프다. 당나라 여류시인 설도가 떠나간 임 그리며 지은 시 '춘망사(春望詞)'를 번역한 김억은 시집 '망우초'를 제자 소월에게 보냈다.

"꽃잎은 하염없이 바람에 지고 만날 날은 아득 타 기약이 없네
무어라 맘과 맘은 맺지 못하고 한갓되이 풀잎만 맺으려는고"

이에, 소월이 김억에게 "이 망우초는 근심을 잊어버린 망우초입니까, 잊어버리는 망우초입니까, 잊자 하는 망우초입니까, 저의 생각 같아서는 이 마음 둘 데 없어 잊자 하니 이리 불러 망우초라 하였으면 좋겠다 하옵니다."라고 답했다. 마치, 시 '못 잊어'에서, "그리워 살뜰히 못 잊는데"라고 한 것처럼. 김억은 뒤에 '망우초'를 '동심초(同心草)'로 개명하여 편찬하였다.

우리말에 '훤하다'가 있다. 원추리와 관련 있는지는 모르겠지만 '잘 알아 꿰뚫어 보는 듯하다.' '외모가 잘생겨서 보기에 시원스럽다.'라는 말이다. 하나 더 '충분히 비치어 밝다.'라는 뜻도 있다. 이 한여름, 원추리꽃이 다 지기 전에 꽃차 한잔해야겠다. 근심 걱정 많은 사람과 함께면 더 좋겠다. 맘과 맘이 맺어져 동심(同心)으로

그 사람 얼굴 훤해질 테니.

혼을 빼놓는 비단 같은 배롱나무꽃

조선 시대 선비들은 꽃의 품격과 운치에 대해 품계와 등수를 매겼다. 세조 때 강희안도 원예서인 양화소록(養花小錄)에서 화목 품계를 논했다. 운치 중심으로 1~4품, 기타 저마다 장점을 들어 9품까지 나누었다. 고상하고 품위를 갖춘 멋을 말하는 운치(韻致)가 가장 중요한 덕목이었다. 그렇다면 일품은 무엇일까? 누구나 예측할 수 있듯이 나무는 소나무, 대나무이고 꽃은 매화, 국화, 연꽃이다.

화목 9품을 처음 보았을 때 학생들의 성적 9등급제가 떠올랐다. 9등급제에는 과목별 등급이 있는 것처럼 화목 등급도 저마다의 주관적 판단과 기준에 따라 달라질 수 있다. 그런 측면에서 강희안이 6품에서 9품까지 나눈 기준으로 제시한 각기 지닌 장점에 눈여겨볼 필요가 있다. 배롱나무가 바로 6품이다. 강희안은 "비단 같은 꽃이 노을처럼 곱게 뜰을 훤히 비추면서 사람 혼을 빼놓을 정도로 아름답다."라고 표현했다.

배롱나무에는 아름다운 꽃 말고도 운치 있는 요소가 여럿 있다. 그래서 우리 조상들은 서원이나 사찰에 많이 심었다. 백일 동안 끊임없이 피고 지는 꽃처럼 줄기차게 학문을 닦고 정진하라는 뜻을 부여하였다. 매끈한 표피는 마치 껍질이 없는 것처럼 보여 표리일체와 청렴에 비유하기도 했다. 또한, 해마다 껍질 벗는 속성 따라 세속 욕망을 다 떨쳐버리라는 의미도 지녔다. 이 정도 고상한 뜻을 담고 있다면 1품 반열에 올려도 부족함이 없어 보인다.

백일홍이라는 일년생 식물은 따로 있다. 그래서 백일홍 나무라 구분하여 부르다, 발음을 빨리하면서 배롱나무로 굳어졌다. 표피를 긁으면 간지럼 타듯 나무가 흔들린다고 해서 '간지럼 나무'라고도 한다. 꽃 하나하나가 실제로 백일 가는 것은 아니다. 작은 꽃들이 연속해서 피어나기 때문에, 계속 피는 것처럼 보인다.

교정 배롱나무꽃이 점점 붉어지고 있다. 오늘은 수능 백일 전이다. 학교 밖에 있으면 고3 학생들의 운명은 모두 수학 능력 시험에 달려 있고, 그래서 백일 의미가 남다르다고 생각한다. 하지만, 이제는 시대가 달라져, 분야별로 자기 장점을 살려 진학하는 수시 제도가 활성화되어있어 그 의미는 예전만 못하다. 그래도 수시 합격생이 수능 최저등급이란 암초를 넘기 위해서는 앞으로 백일이 중요한 것 또한 사실이다.

한여름부터 백일 동안 피고 지고를 열심인 저 배롱나무꽃같이 최선의 노력을 다하는 이 땅의 모든 고3 학생들을 응원한다.

애화哀話

낙화는 잔화(殘火),
꺼졌다고 말하지 말라
돈암서원 화대석(火臺石)에 떨어진
배롱나무 꽃잎은 여전히 붉다

장작을 태우고도 남을 신열에
온몸은 벗겨지고 백일해 열꽃 같던 꽃잎이
불티로 날리면 불 받침돌은 꽃 받침돌이 된다

땅 위 꽃자리는 쓸지 않아도 흙이 되고
화대석에 떨어진 꽃잎은 불붙이지 않아도
저 혼자 타들어 가 화인으로 남는다

목백일홍 피고 질 무렵이면
열꽃 진 자리에 무시로 잔불 되살아나
또 데는 마음의 홍역 앓지 않는 자 있던가

백신이 무효한 불꽃 애화(哀話)
한 번씩 앓고 나면 심장을 더 붉게 만드는
저 꽃을 누가 졌다고 말하는가

눈꽃인가 별꽃인가, 백정화

교정 화단에 백정화(白丁花)가 피었다. 관심 두지 않으면 잘 보이지 않는, 작은 꽃이라 이름을 아는 사람이 많지 않다. 백정(白丁)하면 제일 먼저 조선 시대 도살업이나 유기제조업에 종사하던 천민층이 생각난다. 그래서인지 이 꽃을 보면 고단한 백성의 삶이 떠올라 슬프다는 사람도 있다. 하지만 백정은 천민만을 의미하지 않는다. 고려 시대에는 일반 농민층을 의미하였다. 국가에 대해 일정한 직역을 지는 정호(丁戶)와 그것을 부담하지 않는 백정호(白丁戶)로 구분되었다. 백(白)은 무(無)라는 의미도 있으니 일정한 직역이 없다는 뜻이다. 따라서 흰색 꽃이 옆에서 볼 때 '丁'자처럼 보여 정화라는 이름이 생긴 백정화는 역사 속 백정과는 아무런 관련이 없다.

백정화 다른 이름으로는 오뉴월에 눈처럼 꽃이 핀다고 하여, '유월설(六月雪)' 마치 맑은 밤하늘에 별이 무수히 박힌 것 같다고 '만천성(滿天星)' 혹은 '두메별꽃'으로 불린다. 모두 아름다운 이름이다.

중국 남부 원산지인 백정화는 꼭두서닛과 나무로 키가 60~100㎝ 정도로 자란다. 꽃은 5~6월에 피고 백색 또는 연한 홍자색 깔때기 모양이다. 분홍 꽃이 피는 것은 단정화라 부른다. 남부지방만 노지 월동이 가능하다지만 지구 온난화 영향인지 우리 학교에서도 월동하며 산다. 봄철에 꺾꽂이 뿌리내림 확률도 높으니, 집안에서는 화분에 마당에서는 낮은 울타리로 키워보면 좋을 듯싶다.

누군가의 순결했던 옛 애인 고운 얼굴이 이랬을까? 향기로운 하얀 별꽃, 백정화를 보면 관심 두지 않을 수 없다. 백정화 꽃말은 순결과 관심이다.

거부할 수 없는 슬픔, 질경이

나는 운동장을 자주 돈다. 특히, 우울할 때 햇빛 받으며 걷다가 뒤돌아보면 학교 뒷산이 웃어주고, 눈 아래로는 들풀들이 반겨줘 기분 전환이 된다. 요즘 운동장 가에는 토끼풀과 질경이가 대세다. 둘 다 아무리 밟고 지나도 끄떡없는 강인한 생명력을 자랑한다. 질경이는 이름이 많다. 마차가 다니는 길가나 바퀴 자국이 난 곳에 잘 자라기에 '차전초(車前草)', 길옆에서 자란다고 하여 '길짱구', 잎 모양이 개구리 배를 닮았다고 '배부장이'라고도 부른다. 이 중에 '차전초'라 불리게 된 유래는 이렇다.

"옛날 중국 한나라 장군 마무는 전쟁터에서 병사와 말이 피오줌을 누는 병에 걸려 큰 위기에 처했다. 그는 말이 스스로 먹이 찾도록 풀어주어 마음대로 뛰어다니게 했다. 그러자 이틀 후에 말은 생기를 되찾고 맑은 오줌을 누었다. 장군은 말주변을 서성대면서 무엇을 먹는지 살펴보고, 자기도 그 풀을 뜯어 먹고는 회복되었다. 수레바퀴 앞에서 처음 발견하였다고 '차전초'라 불렀다."

실제로 동의보감에는 기관지염과 신장염에 도움을 준다고 기록되어 있다. 질경이 씨앗인 차전자(車前子)는 암세포 진행을 억제하는 것으로 알려져 있고, 콜레스테롤 저하, 고혈압, 시력 회복 등에도 효과가 있다. 서양에서는 질경이 생잎을 찧어서 지혈과 상처 치료에 이용하였고, 심지어 질투를 막아주는 주술에도 사용했다.

가히 만병통치 급 효능을 지녔다. 그렇다면 마음의 병도 치료해 줄 수 있지 않을까?

시인 류시화는 슬픔은 질경이와 같은 거라 했다. 그는 슬픔은 뽑아낼 새도 없이 갑자기 뿌리 내려 사람들을 힘들게 하지만 아무도 질경이를 거부할 수는 없다고 하였다. 그는 한때 슬픔에 의지하며 살아왔음을 고백하면서, 자기 자신으로부터, 또 타인으로부터 얼마만큼 거리를 두라고 충고한다. 한여름에 갑자기 찾아든 알 수 없는 감정의 굴곡으로 생긴 우울함이 류시화의 '질경이'를 읽고는 싹 가셨다.

질경이도 꽃을 피운다. 자세히 들여다보면 잎 사이에서 곧게 나온 이삭이 하얗게 무리 지어 핀다. 나중에 검게 익은 씨앗이 밖으로 튕겨 나가 퍼진다.

질경이 씨앗은 물기가 묻어 있는 신발이나 말발굽 또는 자동차 바퀴 등에 달라붙어 옮겨 다니며 퍼졌다. 그래서인지 질경이가 없었던 북미 인디언들은 '백인이 지나간 자국'이라고 불렀다. 이처럼 질경이가 길을 따라 자라는 것은 종족 번식을 위한 생존 전략이다.

아무리 짓밟혀도 꺾이지 않는 은근과 끈기의 상징인 질경이의 함성이 태풍이 지나간 하늘 아래 가득하다. 오늘 나는 질경이 꽃대를 바라보며 주술을 걸었다. 동부 아프리카에는 스와힐리어로 '모두 다 잘 될 거야' 뜻인 '하쿠나마타타(Hakuna matata)'가 있다. 마음에 종기처럼 가끔 솟아나는 낯선 감정의 굴곡들을 잘 달래 달라고 주문을 외운다. Hakuna matata!

저만의 소리를 외치는 주름잎 꽃

한여름 태양은 운동장 가 풀밭에 연보랏빛 주름잎 꽃을 점점이 뿌려놓았다. '묵내뢰(默內雷)'라는 말이 있다. 겉은 잠잠하나 속에선 뇌성벽력이 치고 있다는 의미이다. 황대권은 '야생초 편지'에서 풀밭에 의젓하게 자리 잡으려, 아무도 보아주지 않는 작은 꽃을 피워내기 위하여 쉼 없이 움직이고 있는 주름잎 내면을 그렸다. 그는 야생초를 좋아하는 이유로 교만을 다스리고자 함이라 하였다. 자연에는 생존을 위한 몸부림은 있을지언정 남을 우습게 보는 교만은 없는데, 인간만이 생존경쟁을 넘어서 남을 무시하고 저 잘난 맛에 빠져 자연의 향기를 잃고 있다고 일갈하였다.

며칠 전 교육청에서 특강을 들었다. 강사는 막스 베버의 '소명으로서의 정치'에서 정치를 교육으로 대치시켜 강의하였다. 베버는 정치인이 지녀야 할 세 가지 자질로 열정, 책임감, 균형적 판단을 들었는데 교사도 마찬가지라 하였다. "세상이 너무나 어리석고 비열하게 보일지라도 이에 좌절하지 않을 자신이 있는 사람, 그리고 그 어떤 상황에 대해서도 '그럼에도 불구하고'라고 말할 능력이 있는 사람, 이런 사람만이 교육에 대한 소명을 지니고 있다."란 말로 강의를 마쳤다.

갈수록 주름져가는 교육 현실에 실망할 때가 많다. 세상 탓도 있지만, 학생들과 소통은 잘 되는지, 열정은 그대로인지를 먼저 되돌아봐야 한다. 주름은 대체로 부정적 의미이지만 중심이 돼 마음대로 움직이는, 긍정적 의미의 '주름잡는다'도 있다. 현실은 자꾸 주름져가지만 '그럼에도 불구하고' 열정과 소명 의식으로 교실을 주름잡을 수는 없을까? 교직 첫해 가졌던 그 신선한 떨림 같은 일종의 '묵내뢰'가 필요하다.

황대권은 '묵내뢰'에 등급을 매겼다. 가장 하급은 내부 감정을 아름답게만 보이려고 하는 아첨꾼들이고, 중급은 속에서 일어나는 일들을 드러내지 않으려 급급한 사람들, 고급은 내부 감정을 자신이나 상대에게나 좀 더 편하게 받아들일 수 있는 것으로 순화시키려 노력하는 사람이라고 했다. 과연, 나는 어떤가?

학생들과 소통이 어려운 것은 갈수록 벌어지는 나이 차 때문만이 아니라 공감이 부족해서이다. 나팔처럼 생긴 주름잎 꽃이 저만의 소리를 하늘에 외치는 것처럼 아이들도 소리 없는 아우성을 내게 보내고 있는지 모른다. 그 소리 들을 수 있도록 내 감정부터 다스려야겠다. 그래야만 하급은 면하지 않겠는가?

주름잎은 잎 가장자리가 주름이 져서 지어진 이름이다. 우리 삶도 어느 한구석인가에는 주름진 곳이 있기 마련이다. 그러나 그것을 극복하면 아름다운 꽃을 피울 수 있다. 강사처럼 베버의 말에서 정치를 교육으로 바꿔 말해본다.

> "교육이란 균형감과 열정을 갖고 단단한 널빤지를 강하게, 그리고 서서히 뚫는 작업이다."

잡초는 없다. 털별꽃아재비

교정 풀숲 곳곳에 국화과 한해살이풀 털별꽃아재비가 꽃을 피웠다. 식물에 아저씨의 경상도 방언 아재비를 붙이는 이유는 모양이 비슷하기 때문이다. 털이 있는 별꽃 비슷한 꽃이란 의미다.

아메리카 원산으로 길가나 빈터, 어디서나 잘 자란다. 키는 10~50cm 남짓이며, 줄기는 곧게 서다가 중간부터 가지가 갈라진다. 잎은 마주나고 길쭉한 달걀 모양이며 가장자리에 톱니가 있고 앞뒤로 털이 나 있다. 꽃잎으로 보이는 흰색 혀 꽃은 5~6개인데, '山'자 모양으로 갈라진다. 그 가운데에 노란 꽃 무더기가 모여 있다. 가축 사료 또는 퇴비로 이용하기 위해 도입된 뒤 퍼져나가 쓰레기 더미에서도 잘 자라 '쓰레기 꽃'이라는 별명이 붙었다.

잡초의 사전적 정의는 가꾸지 않아도 저절로 나고 자라는 불필요한 식물이다. 하지만, 인디언 사회에는 잡초라는 말이 없다고 한다. 인디언들은 모든 동식물은 자기 영혼을 가지고 있다고 보았다. 각기 존재 이유가 있는 생명이며 자신들의 친구라고 여겼다. 그들에게 잡초는 식용이자 약용이 되어주는 고마운 식물일 따름이었다.

털별꽃아재비는 나물로도 먹고 전초나 꽃을 약재로 사용한다. 전초는 소염작용이 있어 인후염에 꽃은 눈의 열기를 내려줘 시력을 좋게 해준다. 이처럼 알고 보면 털별꽃아재비는 잡초가 아니라 약초다. 그런데, 보는 사람에 따라 '별꽃'으로 혹은 '쓰레기 꽃'이라는 상반된 이름으로 불리니, 그 운명이 가련하다.

더러운 쓰레기 더미를 가려주고 예쁜 꽃까지 피워주는 고마움을 생각하면 '쓰레기 꽃' 이름은 너무 가혹하다. 자세히 바라봐 주고 사랑해주면, '순박'이라는 꽃말을 지닌 털별꽃아재비는 더 큰 '별꽃'으로 피어나리라.

역시 누군가 말했듯이, 뽑으려 하면 다 잡초지만 품으면 다 꽃이다.

주름잎 아재비로 불러줄까? 쥐꼬리망초꽃

음악실 앞 언덕에 쥐꼬리망초꽃이 피었다. "자세히 보아야 예쁘다. 오래 보아야 사랑스럽다. 너도 그렇다."라고 한 나태주 시인의 '풀꽃'이란 시에 딱 어울리는 작은 꽃이다.

열매가 쥐꼬리를 닮았다고 붙여진 이름이다. 열매가 방울처럼 달려서 '쥐방울덩굴', 꽃잎이 작은 손 같다고 '쥐손이풀', 뿌리에서 나는 냄새 때문에 '쥐오줌풀' 등 쥐가 들어가는 풀꽃 이름은 더 있다. 그런데, 오늘 본 '쥐꼬리망초' 이름은 썩 어울리지 않는다.

이윤옥은 '창씨 개명된 우리 풀꽃'에서 일제 강점기 일본 학자들이 민족 말살 정책의 하나로 우리 산야 식물에 일본식 이름을 붙였다. 그 결과 많은 꽃은 고유 이름을 잃었다고 주장하였다. 대표적으로 '큰개불알꽃'을 예로 들었다. '큰개불알꽃'은 오이누노후구리(大犬の陰嚢)라는 일본 이름 그대로 번역하였다. 열매가 개 음낭을 닮았다고 붙인 이름이다. '큰개불알꽃' 열매에서 개 음낭을 연상한 것 자체가 일본인 시각이다. 꽃이 아닌 열매 모양에서 쥐꼬리를 연상한 '쥐꼬리망초'도 그렇다. 우리가 지었다면 전혀 다른 이름을 붙였을 거다.

최근 개명(改名)하는 사람들이 많아졌다. 인간에게 얼굴이 비언어적인 정체성의 상징이라면 이름은 언어적으로 가장 강력한 상징이다. 자기 의지와 상관없이 지어진 이름이 맘에 들지 않아 개명하여 존재감을 확인하려는 노력이다. 말을 못 할 뿐이지 식물도 마찬가지일 거다.

이른 봄에 피는 '큰개불알꽃'을 사람들은 봄소식을 제일 먼저 전해주는 의미 담아 '봄까치꽃'이라 부르기 시작했다. '쥐꼬리망초꽃'을 유심히 바라보면 꽃 색이나 모양이 운동장 가에서 자주 볼 수 있는 '주름잎꽃'과 많이 닮았다. 그래서 '주름잎 아재비'와 '너도주름잎'으로 이름을 바꿔 불러보았다. 바람에 쥐꼬리망초꽃이 활짝 웃었다.

쥐꼬리망초꽃

봄까치꽃

수련 지는 모습을 본 적 있나요?

매년 여름이면 부여 궁남지에 몇 번씩 가곤 한다. 오로지 연꽃 보러 가는 거지만 수련도 함께 본다. 올해도 어김없이 연꽃과 수련이 한창이다. 지인들과 함께 가면 몇 가지 질문한다.

맨 먼저, 수련의 한자를 묻는다. 대부분 물 수(水)로 알고 있어 잠을 자는 연꽃, 수련(睡蓮)이라고 말해준다. 아침에 피었다 오후가 되면 꽃잎 닫는 모습을 보고 잠잘 수(睡)를 쓴 거다.

내가 백합의 백자가 흰 백(白)이 아니라 뿌리 비늘이 백 개여서 일백 백(百)을 쓴다는 사실에 그랬던 것처럼 대개 다 놀란다. 다양한 꽃 색이 있는 백합(百合)을 부르는 영명 'Lily'가 라틴어 'li(희다)'와 'lium(꽃)' 합성어인 점과 서양에서 수련을 'Water lily'라고 직관적으로 부르는 것에 비하면 동양적 사유의 깊이가 묻어나는 이름이다.

이집트 최고 신 오시리스 아들 하르포크라테스(Harpokrates)가 있다. 언제나 입술을 손가락으로 누르고 있는 아이 모습으로 나타난다. 이 때문에 그리스 로마인들은 '침묵의 신'으로 불렀다. 수련이 나라꽃인 이집트에서는 왕의 즉위식에 태양신과 함께 침묵의 신에게 수련을 바쳤다고 한다. 가만히 그 의미를 생각해보면, 피었을 때 화려함에서는 태양의 정열을, 오므라들었을 때 모습에서는 침묵을 배우라는 뜻이 아닐까?

두 번째 질문은, 수련 잎이 갈라진 이유다. 잎이 받는 물리적 압력을 분산시켜 잎과 줄기를 보호하고 물 위에 잘 펼쳐진 상태로 떠 있게 하기 위해서다. 연잎은 물에 젖지 않고 물방울이 도르르 구르지만, 수련 잎은 물에 젖어 물과 한 몸이 된다.

마지막으로, 수련 꽃잎 지는 모습을 본 적 있나이다. 연꽃 진자리는 연밥으로 남고 꽃잎은 연잎 위에 떨어져 흔적을 남기지만 수련 지는 모습은 본 적이 없어서 하는 질문이다. 수련은 밤에는 꽃이 오므라들고 낮에는 활짝 피기를 3일 동안 반복하다가 흔적 없이 사라진다. 꼿꼿하게 수면 위로 뻗어 올렸던 꽃대에 힘을 빼 스스로 시든 꽃을 물속으로 감춘다. 낙화의 추한 모습을 보이지 않으니 통꽃으로 떨어지는 동백과 능소화보다도 그 처연함이 한 수 위다.

부원들과 함께 들린 저물녘 궁남지 수련들은 다 오므라들어 손가락 하나 펼친 모양으로 자고 있다. 마치 우리에게 입술에 대고 '쉿' 하면서, '다변불언(多辯不言)'이라고 말하는 듯하다. 눈이 둘, 귀도 둘, 그런데 입이 하나인 이유를 생각해보면서, '말이 많으면, 말하지 않음만 못한' 경우가 많음을 다시 한번 되새겨보았다.

비밀결사의 상징, 연꽃

3학년 동아시아사 시간에 백련교의 난을 이야기하다, 갑자기 예쁜 연꽃이 왜 비밀결사의 상징이 되었을까? 궁금해졌다.

"붉은 연꽃, 흰 연뿌리, 푸른 연잎은 원래 한 가족이다."

비밀결사를 연(蓮)에 비유한 중국 민요로, 홍방(紅幇), 백련교(白蓮教), 청방(青幇)을 뜻한다. 더러운 진흙 속에서 연꽃이 피어나면 주위가 아름다워지고 밝아진다. 그중 백련은 진흙과 더욱 대비되는 빛깔이니, 미륵을 숭상한다는 어려운 교리가 아니어도 의문은 쉽게 풀렸다.

며칠 전에 부여 궁남지에 갔다. 연꽃 사진 찍으면서 백련과 홍련을 부질없이 비교해 보았다. "홍련은 백련 꽃봉오릴 닮고자 다투지만, 신녀가 차고 있는 옥패를 물속에 옮겨 놓은 것 같은 백련의 청정함을 닮을 수 없다."라고 옛 시인은 말했지만, 내 감각으로는 쉽게 판별할 수 없다.

정약용은 연꽃을 좋아했고 풍류도 남달랐다. 다산은 동트기 전, 연꽃이 만발한 연못에 작은 배를 띄우고 숨죽이며 연꽃에 귀 기울였다. 연꽃은 땅거미가 걷히면서 일시에 피어날 때 아주 미세하고도 청량한 소리를 내는데 그 소리를 듣기 위한 것이었다니,

따라갈 수 없는 풍류다. 이쯤이면 송나라 주돈이 애련설(愛蓮說)이 빠질 수 없다.

"연은 진흙에서 났으나 더러움에 물들지 않고 맑은 물에 깨끗이 씻기어도 요염하지 않다. 줄기 속은 허허롭게 비우고도 겉모습은 반듯하게 서 있으며, 넝쿨 지지도 않고 잔가지도 치지 않는다. 그 향기는 멀리서 맡을수록 더욱더 맑으며 깨끗한 몸가짐, 높이 우뚝 섰으니 멀리서 바라보아야 할 것이요, 가까이서 감히 어루만지며 희롱할 수는 없도다."

주돈이가 노래한 군자의 꽃, 연꽃 일생을 관찰하면서 교사로서 깨우쳐야 할 게 하나 더 생겼다. 연꽃은 꽃망울 맺힘과 동시에 씨도 함께 맺고 꽃이 만개하면 동시에 연 씨도 익어 간다. 또한, 연꽃은 열매를 보호하다 잘 익은 열매만 남게 꽃잎 떨군다. 그렇다. 연꽃처럼 선생은 화려하게 피고 져야 학생들의 됨됨이도 충실하게 익어 간다. 1년 가르침이 짧다 핑계 댈 게 아니다. 연꽃은 짧은 한 철 만에 저렇게 제 사명을 충실하게 수행하고 있지 않은가?

옛 시인들은 달빛 아래 연꽃과 특히 비 오는 날의 연꽃을 좋아했다. 다산의 풍류는 못 따라가도 월하(月下)와 우중(雨中) 연꽃은 언젠가는 한 번 찾아보리라. 연꽃이 다진 날이면 또 어떤가? 염화미소(拈華微笑)의 가섭(迦葉)처럼 서 있을 연밥에 서려 있는 꽃잎의 희생을 잊지 않으면 그만이다.

오늘 나는 나이 먹어가며 흐려지는 내 마음에 백련 뿌리 한줄기

심고 돌아왔다. 그 뿌리를 혁명의 결사체로 키우리라. 그리하여 내년이면 마음에 백련꽃 피워올려 맑은 향기로 몸과 마음을 정화하리라.

사람들은 '주향백리(酒香百里) 화향천리(花香千里) 인향만리(人香萬里)'라고 하지만, 눈 감고 궁남지 연꽃을 그려보는 오늘만은 연향만리(蓮香萬里)로다.

근원적 외로움 담아 피는 수세미꽃

음악실 가는 길, 히말라야삼목 휘감고 올라선 수세미가 꽃을 피웠다. 수세미는 박과 한해살이 덩굴풀로, 열매를 삶아서 껍질 벗기면 그물 모양 섬유질 조직이 나온다. 옛사람들은 이를 말려 목욕에 사용하고 설거지도 했다. 그래서 수세미다. '수세미 오이'로도 불리는 열매는 오이와 비슷하게 생겼지만, 자세히 들여다보면 좀 더 크고 주름도 많다. 다 익은 수세미는 사과락(絲瓜絡)이라는 약재다. 폐와 기관지의 열을 내리고 담을 삭여주는 효능이 있어 천식, 비염 등에 사용하였다.

한자로 오이 과(瓜)를 쓰는 작물은 여럿 있다. 오늘날 우리가 부르는 오이는 서역 오랑캐 땅에서 전해졌다는 뜻에서 호과(胡瓜)다. 호박은 남과(南瓜)다. 원산지가 남미로 남쪽에서 전해졌기 때문에 생긴 이름이다. 같은 이유로 수박은 서과(西瓜)이다. 수세미는 내용물이 실 같은 섬유질이어서 사과(絲瓜)라고 부른다. 그렇다면 동과(東瓜)는 없을까? 곰곰이 생각해보다 참외의 한자를 찾아보니 우리나라 토종이란 뜻인 진과(眞瓜)다. 진짜 오이란 '참외' 그대로이니 동과(東瓜)로 써도 무방하다.

이해인 수녀님의 시구절, "살아온 날들의 부끄러움이 노란 수세미꽃으로 마음의 벽을 타고 오르는 날"과 같은 날, 음악실 가는 길가 벤치에 앉아 높이 올라 핀 노란 수세미꽃을 바라보았다. 바람에 수세미꽃이 떨어졌다. 높이 올라 펴 외로웠을까? 쓸쓸한 낙화! 문득, 외롭다는 생각이 든다. 나는 서쪽에서 왔을까? 동쪽에서 왔는가? 라는 근원적 질문은 아니더라도, 가끔 감기처럼 찾아와 지금 모습을 초라해 보이게 하는 까닭 모를 서글픔과 외로움, 한 번 앓고 나면 면역이 생겨 때론 삶에 힘을 주는 외로움 말이다.

오이 과(瓜)는 덩굴 속에 외로이 떨어져 하나씩 열리는 형상에서 왔다고 한다. 그래서인지 오이 종류 노란 꽃에는 근원적 외로움이 담겨 있다. 그래서일까? 그 옆에 사내가 서면(孤), 더 외롭다.

나는 오늘 수세미꽃 아래에서 외로운 남자가 되고 말았다.

좌우 비대칭인 목 베고니아

행정실 앞 목 베고니아가 꽃을 피웠다. 하트 모양 수꽃이 피고 진자리에 다시 암꽃이 포도송이처럼 달렸다. 원래 베고니아는 초본 식물로 식물학 후원자였던 프랑스 속령 아이티 총독 미첼 베곤(Michel Begon) 이름에서 유래하였다. 목 베고니아는 가지가 목질화되어 붙은 이름으로 흰점이 박힌 잎이 날개처럼 펴져있어 '엔젤윙 베고니아'라고도 불린다. 그런데, 잎을 자세히 보면 좌우가 비대칭이다.

식물에는 잎을 자라게 하는 유전자가 있다. 이 유전자는 보통 모든 부분에서 똑같이 일하며 좌우대칭인 잎을 만든다. 하지만 목 베고니아처럼 좌우대칭이 아닌 잎도 있다. 그것은 유전자가 잎 어느 한 부분에 더 많이 작용해 그쪽으로 더 많은 세포 분열이 일어난 결과이다. 무성한 잎이 햇빛을 가리면 아래 잎은 위 잎 사이로 들어오는 빛을 조금이라도 더 받기 위해 좌우가 비대칭적인 모습으로 바뀐다. 꽃말이 '짝사랑'인 이유가 수꽃과 암꽃이 함께하지 못 해서와 '천사의 날개'로도 불리는 날개 모양 잎이 어긋나서인 줄만 알았는데, 오늘 보니 잎이 비대칭으로 한쪽이 더 넓어서인가 보다.

오래전부터 교무실 내 책상 유리 밑에는 네 컷 만화가 놓여 있다. 나이테의 성장 속도가 다른 이유는 햇빛 받는 양의 차이 때문이다. 마찬가지로 우리 아이들도 꾸중보다는 칭찬을 듣고 자란 아이가 더 큰 나무로 자랄 거라는 내용이다. 매일 앉는 책상이지만 만화 보는 날이 며칠이나 될까? 많이 잊고 살았다. 따뜻한 햇볕 같은 칭찬을 하며 살았는지 오늘 목 베고니아 잎을 바라보며 생각해본다.

대칭은 아름답다. 꽃도 사람도 그렇다. 그렇다고 모든 게 대칭여야만 할까? 사람 외모는 대칭이 아름답지만, 내면까지 대칭일 필요는 없다. 때론 비대칭이 아름다울 수도 있다. 옥에 티가 더 아름답기도 하고, 양심에 따른 비대칭 용기와 비대칭 행복도 있을 수 있다.

대체로 대칭은 무언가가 그대로 유지되거나 보존되는 것이고 비대칭은 끊임없이 변화하는 거다. 법칙 같은 대칭만 있다면 세상은 아마도 변하지 않을 것이다. 대칭과 비대칭이 있어야 우주가 존재하는 것처럼 사람에게도 때론 비대칭적인 유연한 사고가 필요하다.

베고니아꽃을 '빨간 우체통'으로 말한 시인이 있고, 조용필 노래 중에는 "♪베고니아 화분이 놓인 우체국 계단 어딘가에 엽서를 쓰던 손~"이란 가사도 있다. 나는 오늘 목 베고니아꽃 우체통에 짧은 글을 담은 엽서를 부쳤다.

"아이들에게 햇볕이 되자."

정열 잃은 빨강은 비극, 칸나

지루한 장마, 틀에 박힌 일상, 칠월의 마지막 날, 소나기가 지나갔다. 갑자기 흙냄새가 맡고 싶어졌다. 운동장을 돌다 담장 아래 칸나가 눈에 들어왔다. 시원한 넓은 잎 위로 날씬하게 꽃대를 올려놓았다. 우리나라에서는 '홍초', '미인초'라 부르기도 한다. 현재 칸나는 열대 지방 자생 품종을 개량한 100종 이상의 원예종이 있다. 키 작고 꽃잎이 넓은 것도 생겨났다. 꽃은 노란색, 분홍색도 있지만, 칸나 하면 단연 붉은색이다. 농염한 꽃 빛이 요염하게 보이기까지 한다. 사랑이라면 순정보다는 비극적인 치정에 가깝다. 그래서인지 많은 시인이 핏빛으로 묘사했다. 정열 잃은 빨강은 비극의 색깔이라 했던가?

그리스 비극에 '아가멤논(Agamemnon)'이 있다. 아르고스 왕 아가멤논이 트로이 전쟁에서 승리하고 십 년 만에 귀환한다. 왕비는 신의 길을 상징하는 붉은 카펫을 깔고 그를 맞이했다. 하지만, 왕비는 정부와 짜고 아가멤논을 살해한다. 아가멤논이 목욕하는 도중 갑자기 옷을 던져 시야를 덮고 도끼로 세 번 내려쳤다. 왕비가 아가멤논을 살해한 것은 아가멤논이 트로이 출정 희생물로 자기 딸을 제물로 바친 원한과 전리품으로 함께 온 트로이 공주에 대한 질투 때문만은 아니었다. 그것은 어디까지나 명분일 뿐, 실상은 아버지 대의 원한을 갚으려 치밀하게 준비한 그녀 정부의 복수극이었다. 비극은 비극으로 이어졌다. 아가멤논 아들과 딸 엘렉트라는 어머니와 정부를 죽였다.

시인 문정희는 “칸나가 핏빛인 것은 우연인가, 땅 위의 모든 것이 참 의미심장하다네”라 했다. 그래서인지 칸나꽃을 본 순간 청순한 사랑보다는 농염한 치정이 아른거렸는지 모른다. 칸나 꽃말은 ‘존경’과 ‘행복한 종말’이다. 하지만 복수는 행복한 종말이 될 수 없다. 아버지 원수를 복수하라는 신탁에 의한 행위로 인정받아 재판에서 무죄를 선고받았어도 말이다.

사람들이 잘 찾지 않는 이곳, “얼마나 외로웠니!” 하고 만져주니 칸나가 흔들린다. 그 위로 잠자리가 맴돌았다. 구근식물 칸나는 언제인지 모르게 잎을 내고 아무도 찾아주지 않아도 이렇게 꽃대를 올리는구나. 그래, 나도 칸나처럼 외로움 이겨낼 구근 하나 마음속에 심어야지! 욕망이 아닌 갈망으로 뿌리내리고 순정으로 꽃대 올려 정열의 꽃을 피워야겠다. 소포클레스의 비극 ‘엘렉트라(Electra)’는 역설적으로 비극을 막는 방법을 말해주고 있다.

> “마음을 어둡게 가지면 싸움이 싸움을 낳고, 당하지 않아도 될 불행을 당하는 법이다.”

시인 오규원이 칸나가 꽃대를 높이 올려 꽃 핀 날은 아무 일도 일어나지 않았다고 말한 것처럼 불쑥 외로움이 찾아든 날, 나에게도 아무 일도 일어나지 않았다.

한차례 소나기 내린 하늘 보며 한 번 웃었다.

칸나가 처음 꽃이 핀 날은
신문이 오지 않았다
대신 한 마리 잠자리가 날아와
꽃 위를 맴돌았다
칸나가 꽃대를 더 위로 뽑아 올리고
다시 꽃이 핀 날은
아무 일도 일어나지 않고
다음날 오후 소나기가 한동안 퍼부었다

칸나, 오규원

그리움이 쌓이면 꽃이 될까, 상사화

꽃이 필 때는 잎이 없고 잎이 있을 때는 꽃이 없는 식물이 있다. 서로 만나지 못해 간절하게 그리워한다고 '상사화(相思花)'다. 그 절실한 그리움 모아 교정에 불쑥 꽃대를 올려놓았다. 죽은 아버지 극락왕생을 바라는 효심 깊은 처녀의 탑돌이와 그 처녀를 사랑했지만, 마음을 드러내지 못하고 죽은 젊은 스님의 애잔한 전설이 담긴 꽃이다. 그래서 상사화 꽃말은 '이뤄질 수 없는 사랑'이다.

사람들은 '상사화'와 '꽃무릇'을 구분하지 않고 대체로 상사화로 부른다. 둘 다 여러해살이 수선화과 알뿌리 식물이고 순서만 다르지 '화엽불상견(花葉不相見)'이기 때문에 틀린 말은 아니다. 하지만, 엄밀하게 말하면 다르다. 상사화는 봄에 잎부터 나고 진 후 8~9월에 연분홍색이나 노란색 꽃을 피운다. 반면에 꽃무릇은 9~10월에 꽃대부터 올라와 선홍색 꽃이 진 후 잎이 나온다.

상사화는 전설 대부분이 스님과 관련 있어서인지 사찰에 가면 흔히 볼 수 있다. 그러나 실제로 절에서 많이 심는 이유는 비늘줄기 뿌리인 인경(鱗莖)에서 전분을 추출하기 위해서다. 탱화를 그릴 때 말린 상사화꽃으로 물감을 만들고, 뿌리는 즙을 내어 칠을 하면, 좀이 슬지 않고 색도 변하지 않았다.

꽃무릇 비늘줄기 한약명은 석산(石蒜)이다. 산은 마늘을 의미하므로 마늘종 같다는 뜻이다. 둥근 뿌리에는 유독한 알칼로이드가 들어있다. 때마침 2학년 동아시아사 시간에 일본의 18세기 '덴 메이 대기근'을 이야기했다. 대기근 당시 워낙 먹을 게 없자 유독식물인 석산까지 먹었다. 그마저도 모두 바닥나면 죽음의 상징으로 여겨 피안화(彼岸花)라 불렀다. 굶주림에 눈이 돌아 인육을 먹기 직전까지 먹었던 슬픈 역사를 지닌 꽃이다.

우리나라 3대 상사화 군락지는 영광 불갑사, 함평 용천사, 고창 선운사이다. 10여 년 전에 용천사에 갔었고 작년에는 선운사에 다녀왔다. 용천사는 때를 못 맞춰 꽃대만 보고 왔고 선운사에서는 선홍빛 그리움이 물결치는 절정의 꽃무릇 군락을 보았다. 하지만, 상사화는 한두 포기씩 외롭게 핀 것만 보았지 무리 지어 핀 것을 보지 못했다. 올해는 상사화 군락이 있는 불갑사에 가야겠다.

그리움이 쌓이면 꽃이 될까? 별이 될까? 누가 보지 않아도 꽃은 피지만 그리운 사람을 떠올리며 보는 꽃은 더 애틋하고 아름답다. 그 꽃이 별이 되고 시가 된다.

상사화

선운사 꽃무릇

달바라기가 되지 못한 달맞이꽃

개화기 이후 외국에서 들어온 수백 종 귀화 식물이 있다. 외래 식물이라고 모두 다 귀화 식물이 되는 것은 아니다. 여기에는 충족 조건이 있다. 사람의 도움 없이 스스로 씨앗 맺고 다시 싹을 틔울 수 있어야 하고, 지역적으로 동북 아시아권을 벗어난 지역에서 들어온 식물 여야 한다. 이들은 들어온 시기에 따라 운명처럼 이름이 정해지기도 했다. 구한말 나라가 망할 무렵 들어온 '개망초'와 반대로 해방 이후 꽃을 피우기 시작했다고 '해방화'라 불린 달맞이꽃이 그렇다.

달맞이꽃이 저녁에 꽃을 피우는 것은 꽃가루받이와 관련 있다. 비교적 경쟁자가 없는 시간에 꽃가루받이하려는 의도다. 저녁에 핀 꽃을 자세히 보면 가느다란 실 같은 것에 꽃가루를 이어 놓았다. 곤충 몸에 묻으면 마치 실타래가 풀리듯 많은 꽃가루 운반이 가능하도록 만든 고도의 생존 전략이다.

달맞이꽃은 두해살이다. 씨앗이 떨어지면 뿌리 근처에 방석 모양 잎들을 둥글게 펼친다. 땅바닥에 바싹 엎드린 채로 겨울을 나는 로제트 식물이다. 그리고 봄이 되면 달맞이꽃 원래 모습으로 자라나 꽃을 피운다.

"♪얼마나 기다리다 꽃이 됐나, 달 밝은 밤이 오면 홀로 피어, 쓸쓸히 쓸쓸히 미소를 띠는 그 이름 달맞이꽃"

가수 김정호가 부른 달맞이꽃 가사와 달맞이꽃 일생을 생각해 보면, 전설을 언급하지 않아도 꽃말 '기다림'과 '그리움'이 쉽게 이해된다.

남미 칠레 원산인 달맞이꽃은 인디언들이 피부병을 치료하는 데 사용했으며, 기침이나 통증을 멎게 하는 약으로 먹기도 했다. 씨앗 기름에는 불포화 지방산인 감마리놀렌산이 풍부히게 함유돼 있어 주목받고 있다.

식물이나 사람에게나 때가 중요하지만 장소도 중요한가 보다. 몇 년 전 태안 신두리 해안 사구에 갈을 때, 사구에 가장 큰 적이 달맞이꽃이란 해설사 설명을 듣고 함께 뽑은 적이 있다. 하지만 주로 길가나 공터에 자리 잡고 피는 달맞이꽃은 유해식물만은 아니다.

어느 일간지 '낱말의 습격'이란 연재에 '달맞이꽃에 관하여'가 있었다. 거기서 "해바라기는 해바라기인데 달맞이는 왜 달바라기가 되지 못했는가"라고 묻는다. 키 크고 정열적인 해바라기가 아니어서 표현하지 못하고 가슴앓이했던 젊은 청춘들의 순정을 닮아서라고 나는 답했다. 달맞이꽃은 이름처럼 밤에만 피고 낮에는 지고 마는 그런 꽃은 아니다. 땡볕인 여름 한낮에도 꽃을 피운다. 하지만 저녁 식사 후 어스름 어둠이 내릴 때쯤 활짝 핀 모습이 제격이다. 달빛 아래면 더 좋다.

오늘 저녁엔 달맞이꽃을 바라보며 내 젊은 날의 사랑은 '해바라기'였는지 '달맞이'였는지 추억해보면 어떨까?

Cosmos

5장

◇◇◇

아득히 그리운 갈망으로

멍 때리기 좋은 곳, 순비기나무꽃

신지도 명사십리 해변 끝에는 '멍 때리기 좋은 곳'이란 이정표가 있다. 대부분 사람이 해변 끝에서 되돌아갔지만, 나는 그곳으로 발길을 향했다. 숲길을 걷다가 '쉿! 멍 때리는 중'이란 푯말이 나오자 나도 모르게 숨소리도 내지 못하고 그곳에 다가갔다. 아무도 없는 그곳에는 넉넉한 떡갈나무 그늘에 의자만 딩그러니 놓여 있었다.

나는 멍을 때리기보다 걸어온 명사십리 해수욕장 전경을 내려다보고는 소리 내어 감탄사를 연발하였다. 그런 후에야 그곳에 적혀 있는 '멍 잘 때리는 방법'을 읽었다.

고음으로 틀어놓은 음악을 끄고 의자에 앉아, 쓰여 있는 대로 한동안 바다를 멍하니 바라보았다. 주위에는 아직 여물지 못한 도토리가 무수히 떨어져 있었다.

내려놓은 배낭, 휴대전화, 겉옷~
더 많은 것을 내려놓으라는 떡갈나무의 가르침일까?

'멍 때리다'는 '멍하다'의 어근 '멍'과 흔히 일상에서 쓰이는 속어 '때리다'를 붙여 만든 단어로, 정신이 나간 것처럼 아무 반응이 없는 상태를 일컫는다. 뇌과학자들은 이때 뇌가 아무 일도 하지 않는 것이 아니라, 뇌 안에 떨어져 있던 연결고리들을 이어서 창의적인 생각을 만들어 낸다고 말한다.

아무도 없는 곳이기에 음악을 크게 틀어놓고 나만의 시간을 가지면 최고의 힐링인 줄 알았는데, 그보다 고요가 훨씬 좋았다. 그렇게 오랫동안 앉아 있다가 다시 명사십리로 돌아 나오는 길에서, '그리움'이란 꽃말을 지닌 아름다운 순비기나무꽃과 첫 대면을 하였다.

갯완두꽃이려니 하고 지나쳤는데, 넋 놓은 효과인지 달리 보여 찾아보니, 순비기나무꽃이었다. 해녀들이 참았다 내는 '숨비소리'에서 그 이름이 유래되었다고 한다. 아마도 순비기나무가 두통에 효험이 있어 해녀들이 찾았거나 아니면 척박한 갯가에서 살아남기 위해 모래 속 깊이 뿌리내리는 모습이 마치 물질하는 해녀 모습을 닮아서일 거다.

푸른 바다와 은모래 그리고 보라색 순비기나무꽃으로 기억될 신지도 명사십리(鳴沙十里)는 오래 기억에 남을 것 같다.

완도와 다리로 연결된 섬 속의 섬 해변 이름은, 明이 아니라 鳴이었다. 모래가 우는 그곳이 벌써 그립다.

모래가 운다!

법을 만들어가는 나무, 회화나무

이맘때 얼핏 보면 아카시아꽃처럼 생긴 회화나무꽃이 한창이다. 한여름에 나비 모양 연노랑 꽃을 나무 가득 달고 있다. 한꺼번에 피지 않고 조금씩 차례대로 피는데, 비바람이라도 불면 후드득 떨어져 나무 아래에 꽃자리를 만들어놓는다.

회화나무를 상서롭게 여긴 주(周)나라는 조정 마당에 세 그루를 심었다. 삼정승에 해당하는 삼공(三公)이 나무 아래에서 정사를 돌본다는 주례(周禮)에 의거 우리도 따라 했다. 그래서 심어진 창덕궁 회화나무 노거수가 유명하다. 또한, 공부하는 사람 집에 심으면 문리(文理)가 트인다고 서원이나 정자 주변에도 심었다. 예부터 집안에 심으면 학자가 나오고 부자가 된다 여겼다. 그래서 회화나무 고목은 궁궐이나 서원 또는 양반 고택 등에서 많이 볼 수 있다.

회화나무 한자는 나무(木)와 귀신(鬼)을 합친 괴(槐)로 표기하지만, 괴(槐) 중국 발음이 '회'이므로 회화로 읽는다. 그래서 잡신을 쫓아 마을을 지키는 정자나무로 마을 어귀에 많이 심었다. 나무 모양이 아름다워 요즘에는 가로수와 공원 수로도 인기 있다.

8월 뜨거운 날, 나는 음악실 옆 담장 가에서 회화나무 꽃비를 맞았다. 꽃 떨어진 자리를 한참 동안 바라보다가 고개 들고 생각해본다. 이 나무를 서양에서는 '스칼라 트리(Scholar Tree)'라 부르는 이유가 뭘까? '느티나무가 법을 지키는 나무라면, 회화나무는 법을 만들어가는 나무이다.'란 말이 있다. 한자로 같은 괴목(槐木)으로 쓰지만 대부분 정형화된 수형인 느티나무와 달리 회화나무는 가지 뻗는 모양이 자유분방하여 학자의 기개를 닮았기 때문에 생긴 말이다.

요즘 교육의 핵심은 창의 인성교육이다. 시대는 학생들의 잠재력과 바람직한 가치관을 찾아 키워주기를 요구하고 있다. 창의적인 인성을 측정하는 검사가 있다. 얼마나 다양한 각도에서 생각하는가를 알아보는 '융통성 검사', 어떤 상황에서 얼마나 위험을 감수하는지 알아보는 '모험심 검사', 그리고 '무질서에 대한 선호 검사'이다. 대체로 창의적인 사람들의 특성 중 하나는 단순한 것보다는 복잡한 것을, 질서 정연한 것보다는 무질서를 선호한다. 그런데, 창의적인 사람들은 이 무질서에서 자신만의 질서를 찾아낸다.

창의성 교육은 꾸준한 자기 주도 학습 과정과 결과를 수반해야 한다. 창의적인 학생들은 엉뚱한 질문을 하거나, 문제 해결을 독특한 방법으로 한다든지, 심지어 수업 시간 중에 그림 그리는 일도 있다. 그런데, 교육 현장에서는 이제껏 이런 학생들을 격려하기보다는 집중력 없는 학생이라 핀잔주기 일쑤였다. 부모나 교사는 주로 자기 경험과 기준으로 교육해왔다. 이제는 그 정형화된 틀에서 벗어나 학생을 독립된 개체로 대하고, 사고의 자유를 주어야 한다. 학생 행동에 대해 격려하고, 결과보다는 과정을 중시할 수 있도록 분위기를 조성해주는 것이 무엇보다도 중요하다.

창의 인성교육을 강조하면서도 여전히 교육 현장에서는 지식 위주의 입시 교육과 창의성을 옭아매는 틀에 박힌 교육이 이루어지고 있다. 말 잘 듣는 조용한 교실이 수업 분위기 좋다고 여기거나, 수업 진도에 급급해 아이들의 독창적인 질문을 무시하고 있지는 않은지 가만히 생각해 볼이다. 우리 아이들이 사회에 나가 느티나무처럼 정형화된 모습으로 살아가기보다는 자신만의 수형을 만들어가는 회화나무처럼 자라나길 희망한다면 교사들의 사고 전환이 절실하다.

예전에 중국 산둥성 웨이팡(濰坊)에서 회화나무 가로수 아래 떨어진 꽃을 쓸어 모아 담는 풍경을 본 적이 있다. 약재로 팔기 위해서였다. 회화나무꽃은 루틴(Rutin)이란 색소를 지녔다. 루틴은 특히 종이를 노랗게 물들이는 천연 염색제로 쓰인다. 또 모세혈관 강화작용을 도와 뇌출혈 예방에 효과가 있어 고혈압약을 만드는 원료로 쓰인다.

오늘 회화나무꽃은 출세를 위해 심어준 보답이 아닌 자유로운 영혼의 결실로 피었다. 무수하게 달린 꽃과 떨어진 꽃을 벌과 개미와 내가 함께 하니, 참으로 행복하다. 떨어진 꽃잎 한 줌 주어 회화나무 꽃차 한잔해야겠다. 내 마음도 노랗게 물들어 자유로운 영혼이 되고 싶은 오후이다.

경주 양동마을 心水亭 회화나무

교정 회화나무꽃과 떨어진 꽃자리

나는 샤론(Sharon)을 몰랐다, 무궁화

나는 샤론(Sharon)을 몰랐다. 사실 몰랐다기보다는 총각 때 본 영화 '원초적 본능'의 관능적 여인, '샤론 스톤'만을 알고 있었다. 샤론은 지중해 연안 비옥하고 아름다운 땅이란 뜻 말고도 아름다운 여인이란 의미도 있다니, 내 생각이 아주 틀린 것만은 아니다. 그런데, 뜻밖에도 무궁화 영어명이 '샤론의 장미(Rose of Sharon)'이다. 교정에 무궁화가 피기 시작한 날에 알았다. 나라꽃인 무궁화가 어쩌면 우리나라가 원산지가 아닐 수도 있다는데, 적이 놀랐다.

샤론은 팔레스타인 지역 해변에 있는 샤론 평야라고 불리는 비옥한 땅이름이다. 구약에 '나는 샤론의 장미요 골짜기에 백합화로다.'로 언급되어 예수님을 상징한다. 일부 기독교인들은 수선화로 번역하기도 하지만, 무궁화가 성스럽고 선택받은 곳에서 피는 아름다운 꽃인 것만은 변함없다.

그렇다면 무궁화가 어떻게 우리나라 꽃이 되었을까? 일설에는 무궁화 보급 운동을 전개한 남궁억이 기독교 신자였기 때문이라고 말한다. 하지만, 무궁화는 단군 시대부터 존재했다. 태양과 같이 밝은 꽃이라는 의미인 환화(桓花)라 불렀다. 중국 산해경에는 우리나라를 군자 국으로 지칭하며 무궁화를 상징하는 근역(槿域)이라고도 하였다. 또한, 우리 민족을 닮은 은근과 끈기의 꽃이다. 새벽에 피기 시작해서 질 때는 오므라져 꼭지 채 떨어진다. 다음 날 아침에 피어있는 무궁화는 전날 꽃이 아닌, 모두 새롭게 핀 꽃이다.

이참에 '무궁화의 날'이 있는 것도 알았다. 2006년 '나라 사랑 무궁 나라 어린이 기자단'이 "왜 무궁화의 날은 없나요?"라고 질문하며, 8월 8일을 무궁화의 날로 선포하였다. 숫자 8을 옆으로 누이면 무한대 기호(∞)다. 끝이 없다는 '무궁(無窮)'과 같은 의미라 선정했다고 한다. 어른보다 나은 어린이들의 생각에 절로 고개 숙인다.

무궁화를 보고 있노라면, 문득, '무궁화꽃이 피었습니다.'란 놀이가 생각난다. 이 놀이 유래에는 몇 가지 설이 있다. 술래가 하나부터 열까지 숫자를 세는 단조로움에서 벗어나기 위해서였다는 설과 남궁억이 무궁화 심는 사람을 감시하는 일본 경찰을 조롱하기 위해 만들었다는 설이다.

오늘 나는 무궁화 앞에서 '무궁화꽃이 피었습니다.' 놀이를 혼자 해본다. 눈을 뜨고 바라보면 때론 샤론 스톤같이 농염한 여인이, 때론 우일신(又日新) 하는 군자의 얼굴로 보이는 꽃 한 송이가 더 피어난다.

'섬세한 아름다움' '일편단심'이라는 꽃말을 생각하면서, 한 번 더 '무궁화꽃이 피었습니다.'라고 외치면, 그다음에는 또 무엇이 보이려나?

고운 솜털 가득한 박주가리

막바지 여름 요맘때 산과 들에서 흔히 볼 수 있는 박주가리꽃이 한창이다. 깊은 산이 아니더라도 시골 마을 울타리나 도시 공터 검불 등 감고 올라갈 것이 있는 곳이면 눈에 띈다.

3학년 여름방학 방과 후 수업 마지막 날, 습관적으로 교정을 돌다 소담하게 핀 박주가리꽃을 만났다. 달콤한 향기에 이끌려온 벌처럼 말이다. 자세히 볼수록 매력 덩이다. 꽃송이는 분홍색도 보라색도 아닌 담자색으로 은은하며 별 모양 종 같다. 좁은 꽃잎 안에 털이 가득하여 귀엽다. 박주가리 일생을 보지 못한 사람은 어원도 진정한 아름다움도 잘 모른다. 꽃이 지면 표면이 도톨도톨한 표주박 닮은 열매가 달린다. 그 속에 신기하게도 고운 솜털이 가득하다.

운동장 끝 철조망에 매달린 박주가리가 익었다. 바람에 씨앗을 날려 본다. 깃털처럼 달린 흰 솜털이 푸른 하늘을 낙하산처럼 날아오르는데, 그 모습, 볼만하다. 박주가리 어원은 분명치 않으나 '주가리'는 쪼가리에서 나온 말로, 박을 닮은 열매가 익으면서 꼬투리가 자연스럽게 터지는 모습에서 나온 듯하다. 박주가리 열매는 옛날 배고플 때 따 먹던 간식이었다. 꼬투리째 생으로 먹으면 풋풋하고 향긋한 단맛이 어린 고구마 맛과 비슷하다. 씨앗 털은 솜 대용과 도장밥 재료로 쓰였다.

올가을에는 잘 익어 터지기 직전 열매를 모아 아이들과 함께 씨앗을 새처럼 날려 보련다. 박주가리 꽃말이 '먼 여행'이라는 것을 알려주고 더 멀리 날아가 새 생명을 잉태하도록 함께 기도해야겠다. 더불어 아이들 꿈도 하늘 높이 날아올랐으면 좋겠다.

맨드라미, 외국어일까?

맨드라미꽃이 피었다.

맨드라미는 많은 품종이 있어 꽃 모양과 색깔 그리고 크기가 다양하다. 꽃 모양이 마치 닭 볏처럼 생겼다고 하여 계관화(鷄冠花)라 하는데, 영어 콕스콤(Cckscomb) 역시 같은 뜻이다. 빨간색과 노란색이 가장 흔하며 오렌지 분홍 연노랑 등 개량품종도 있다. 가을에 밤 기온이 떨어지면 색깔은 더 짙어진다. 보통 둥근 형태지만, 깃털 모양도 볼 수 있다. 꽃줄기에 아주 작은 꽃들이 모여 피는 이삭꽃차례이다. 수탉 볏처럼 주름진 덩이가 한 송이 꽃이 아니라 수많은 잔 꽃들이 촘촘하게 붙어 큰 덩어리 하나를 이루고 있다.

맨드라미는 외국어일까?

꽃이 반들반들한 모양에서 왔는지, 인도에서 전래 될 때 범어 만다라 꽃으로 오인해서인지 어원의 견해가 갈린다. 동그라미처럼 우리말 같기도 한데, 명확하지는 않다.

고추가 한반도에 널리 전파되기 이전에는 맨드라미로 김치 붉은색을 냈다는 기록이 있다. 그렇다면 우리나라에 들어온 지 꽤 오래되었다. 조선 시대에는 벼슬 있는 꽃이라 하여 진급, 영전한 관리에게 맨드라미꽃을 그려 선물하였다. 이때 승진의 의미를 담아 반드시 닭을 아래에 놓고 그렸다. 오천원권에 새겨진 신사임당의 초충도에도 있다. 하지만, 맨드라미는 서민 꽃이다. 예전 시골

집 울안에는 항상 맨드라미가 자리 잡고 있었다. 특히, 장독대 주변에 많았다. 사람들은 닭과 상극인 지네가 맨드라미 때문에 얼씬 못한다고 믿었다.

꽃 전설은 항상 남녀 간 사랑 이야기가 주를 이루지만 맨드라미는 좀 다르다. 간신으로부터 왕을 구하고 죽은 충성스러운 장군 무덤에 마치 방패 모양 꽃이 피었다. 맨드라미는 꽃 피는 기간이 길어 강건한 꽃으로 인식되어왔다. 전설의 영향으로 충성심과 용기를 뜻하기도 하고, 발음상 유사성으로 인해 불교에서는 만다라를 가리키는 꽃으로 여겼다.

나는 불교 신자는 아니지만, 만다라 그림 하나를 갖고 있다. 티베트에 다녀오신 분한테 받은 것이다. 산스크리트어 '만다라(Maṇḍala)'는 원래 본질을 뜻하는 만달(Maṇḍal)과 소유를 뜻하는 라(la)가 결합 되어 이루어진 말이다. '본질을 담고 있는 것'이라는 의미다. 불교 중 밀교에서는 본존을 중심으로 하여, 여러 부처와 보살을 배치한 깨달음의 안내도를 말한다.

조선 후기 매화 잘 그리기로 유명한 조희룡이 화제에 일화일불(一花一佛)을 썼다. 그는 수많은 매화꽃이 피어있는 모습을 부처가 나타난 것으로 보았다. 그는 부처님께 드리는 공양으로 매화를 그렸다. 오늘 내 눈에는 맨드라미꽃이 만다라 속 부처로 보인다. 늘 그냥 그 자리에 핀 평범한 꽃일지라도, 알고 보면 나름의 의미와 가치를 지니지 않은 꽃은 없다. 만다라 꽃이 진짜 있는지는 모르겠지만 오늘만은 맨드라미가 만다라다.

내 이름은 약초, 쇠무릎

"나는 내가 누구인지 모른다. 당연히 이름도 모르고 풀인지 꽃인지도 모른다. 꽃밭 한가운데 삐죽이 솟아난 이름 없는 잡초라고 멸시당하며 절망 속에 산다. 그러던 어느 날, 한 할머니로부터 내가 무릎 통증을 낫게 하는 약초라는 사실과 이름이 '쇠무릎'이라는 것을 알게 된다. 얼마 후 이름값을 하기 위해 뽑혀 나가지만 나는 겉보기만 화사한 꽃들에 자신 있게 '내 이름은 쇠무릎이야!'라고 당당하게 말한다."

김향이 작가의 동화집 '나는 쇠무릎이야'에 나오는 이야기다. 쇠무릎은 줄기 마디 모양이 소 무릎을 닮아 그 뿌리를 '우슬(牛膝)'이라 부른다. 쇠무릎 혹파리가 마디에 구멍을 내면 부풀어 올라 무릎 모양이 생긴다. 비름과 여러해살이풀로 습기 있는 곳이면 흔히 볼 수 있다. 8~9월경에 줄기 끝이나 잎겨드랑이에 연한 녹색 꽃이 긴 이삭 모양으로 달린다. 열매 역시 이삭 형태로 맺힌다. 열매에는 갈퀴 모양 뾰족한 털이 있어서 옷이나 짐승 털에 잘 달라붙어 씨앗을 멀리 퍼뜨릴 수 있다. 뿌리는 무릎질환 치료에 많이 쓴다. 가을에 뿌리를 햇볕에 말려 달이거나 술에 담가 먹는다.

우리는 주변에 흔한 것들을 하찮게 여기곤 한다. 하지만 모두 소중한 존재다. 이름 없는 풀이라 슬퍼하던 '쇠무릎'이 아픈 사람을 고칠 수 있는 소중한 약초임을 알고 자아를 찾아가는 것처럼 학생들에게도 자신이 소중한 존재임을 깨닫게 해야 한다.

요즘 학교에서는 인성교육을 강조하고 있다. '인성교육진흥법'을 만들 지경에 이른 현실을 개선해보고자 함이다. 인성교육의 핵심은 자기 가치를 제대로 알게 하고 자긍심을 갖게 해주는 데에 있다. 따라서 학생 개개인의 가치를 일깨워주는 교육 활동을 전개해야 한다. 그러면 단지 성적 나쁘다고 기죽는 교실은 사라지고, 더 나가 친구들도 소중한 존재임을 알게 되리라. 당장 그 첫걸음으로 학생들 이름을 불러주고 장점 하나씩을 찾아 칭찬부터 해주어야겠다.

내가 소중하다는 가치를 깨달아야 타인도 존중하게 되는 법이다.

애증 관계, 사위질빵과 할미밀망

8월 하순이다. 학교에서 8월은 여름방학을 마치고 2학기가 시작되는 달이다. 지난 학기 돌아보고 학년말 결실을 만들어 내기 위한 점검의 시간이기도 하다. 이쯤 한낮 더위는 여전해도 아침저녁으로 불어오는 바람은 신선하다. 그 신선함으로 새 학기를 시작한다.

운동장 끝, 철망 울타리에 '사위질빵꽃'이 피었다. 8월 한낮 태양이 뜨거워 운동장 돌기를 못 한 사이에 꽃망울이 터졌다. 작은 콩알만 한 꽃송이들이 맺히더니 유백색 꽃들이 무리 지어 피었다. 꽃받침이 변한 4장의 꽃잎 위에 같은 색 가느다란 수술이 귀엽고 예쁘다.

식물 이름 중에 순우리말이 붙은 것은 나름대로 재미있는 사연 한 가지씩 지니고 있다. '사위질빵'도 그렇다. 추수기에 사위가 처가 가을 곡식 거두는 일을 도와주러 왔다. 다른 농부들과 같이 사위도 들에서 볏짐을 져서 집으로 들여와야 했다. 사위 사랑은 장모라는 말이 있다. 장모는 사위 아끼는 마음에서 짐을 조금 지게 하려고 덩굴로 지게 질빵을 만들어주었다. 이 덩굴은 길게 뻗어나가기는 하지만 연약해서 잘 끊어졌기에 '사위질빵'이란 이름을 얻었다. '사위질빵' 이름에는 귀한 씨암탉까지 잡아 주던 장모의 센스 만점 사랑이 담겨 있다. 물론 딸을 위해서였겠지만 말이다.

그런데, '사위질빵'과 비슷하게 생긴 '할미밀망'이 있다. '할미질빵'으로도 불리는 '할미밀망'은 '사위질빵'보다 만나기 힘들다. 소백산 등산 때 딱 한 번 본, '할미밀망꽃'은 6~7월에 '사위질빵꽃'처럼 무리 지어 많이 달리지는 않고 세 송이씩 모여 핀다.

질빵은 짐 질 때 사용하는 멜빵을 말한다. '할미밀망'과 '사위질빵'을 두고 사람들은 재밌게 이야기한다. '사위질빵'은 덩굴이 가늘고 약하여 큰 짐을 옮기는 멜빵으로 부적합하고, '할미밀망'은 덩굴이 굵고 튼튼하여 무거운 짐을 나르는 데 제격이다. 귀한 사위가 힘든 일을 하지 않도록 지게 멜빵끈을 끊어지기 쉬운 사위질빵으로 만들어 조금씩 짐을 나를 수 있게 하였지만, 항상 들볶아대는 얄미운 시어머니에게는 튼튼한 '할미밀망'으로 멜빵끈을 만들어 골탕 먹였다는 해석이다.

여기서 사람 사이 관계, 특히 가족 관계를 생각해본다. "가족이란 네가 누구 핏줄이냐가 아니라 네가 누구를 사랑하느냐는 것이다."라고 한 트레이 파커의 말이 가슴에 와닿는다. 결국, 사랑과 관심이 있다면 사람 사이의 어떠한 갈등도 치유될 수 있다.

다시 찾은 '사위질빵꽃' 앞에서 나는 '아들 같은 사위'가 되겠다고 다짐하였다. 그러면 말하지 않아도 '딸 같은 며느리'가 되겠지. 아 참, '친구 같은 선생님'은 또 어떤가?

사위질빵꽃

할미밀망꽃

고상한 대갓집 안방마님, 도라지꽃

언제부터였던가? 고적 답사나 여행 가기 전에 관련 여행기나 시를 찾아 읽는 습관이 생겼다. 아마도 유홍준의 '나의 문화유산 답사기'를 읽은 후부터다. 그는 옛사람이 남겨둔 기록 그대로 원용하는 것이 때로는 감흥을 전달하는 가장 좋은 방법이라고 했다. 그 습관은 꽃으로도 이어졌다. 어떤 꽃에 관심 두게 되면 제일 먼저 꽃 이름과 시를 연관 검색해본다. 신기하게도 어김없이 누군가는 시를 썼고, 마음에 남는 시도 생겨났다.

시인은 대단하다. 어쩌면 그렇게 꽃 이미지를 승화시킨 낱말을 찾아내 함축시키는지, 경이롭고 부럽다. 오늘도 학교 담장 아래 핀 도라지꽃 보고 늘 하던 대로 검색창을 열었다. 정숙자 시인의 "별이 되고픈 꽃이었을까, 꽃이 되고픈 별이었을까", 이해인 시인의 "엷게 받쳐 입은 보랏빛 고운 적삼"이 가장 마음에 든다. 더는 무슨 말이 필요한가?

도라지 하면 떠오르는 노래가 있다. "♪도라지 도라지 백도라지 심심산천에 백도라지…." '도라지타령'은 일제 강점기에 크게 유행한 민요이다. 도라지는 줄기가 가늘어서 금방이라도 부러질 것 같지만 여간해서 쓰러지지 않는다. 또한, 도라지는 다른 초롱꽃과 달리 아래로 고개 숙이지 않고 하늘 향해 꽃 피운다. 희망 잃지 않던 우리 민족의 강인함을 닮았다.

최백호의 '낭만에 대하여'에도 도라지가 나온다. "♪궂은비 내리는 날 그야말로 옛날식 다방에 앉아 도라지 위스키 한 잔에다 짙은 색소폰 소리 들어 보렴♬", 그런데, '도라지 위스키'가 낯설다. 우리나라에 위스키가 본격적으로 유통된 것은 해방 이후이다. 미군을 통해 나돌던 위스키가 1960년대 들어와 수요가 크게 늘었다. 그러면서 색소와 향료만 넣은 가짜 위스키가 유행하였다. 대표적인 것이 '도라지 위스키'로 원래는 1950년대 유행한 일본산 '도리스 위스키'가 왜색 상표 논란이 일어 사라지고 새롭게 만든 상표였다. 하지만, 도라지 위스키에는 도라지 원액 한 방울도 섞이지 않았다. 당시 다방에서는 홍차에다 가짜 위스키를 타서 만든 '위티'가 유행했는데, 술을 팔아선 안 되는 다방의 교묘한 상술이었다.

꽃과 관련된 전설은 대체로 애달프다. 도라지도 그렇다. 도라지 처녀가 사랑하는 사람을 기다리다 죽은 다음 무덤가에서 핀 꽃이다. 그 슬픔 담아서인지 꽃말이 '영원한 사랑'이다. '돌아지'가 연음되어, 거친 돌밭에서도 잘 자라는 귀여운 꽃이란 '도라지'가 되었다고 한다.

한껏 부풀다가 펑 터트리는 풍선 같은 꽃봉오리 때문인지, 영어로는 'balloon flower'이다. 백도라지 꽃봉오리는 순정을 지닌 소녀 같고, 보랏빛 도라지꽃은 고상한 대갓집 안방마님 같다. 도라지 생약명은 길경(桔梗)으로 귀하고 길한 뿌리가 곧다는 뜻이다. 성미는 따뜻하고 맛은 달면서 쓰고 맵다. 폐에 작용하여 담을 삭이고, 잦은 기침으로 상한 기관지에 효험이 있다.

갑자기 도라지가 먹고 싶다. 이왕이면 쌉쌀한 맛을 느낄 수 있는 생 무침으로 말이다. 처녀 때는 백 도라지처럼 순수했고 나이 들수록 보라색 도라지꽃처럼 고상해지는 아내에게 도라지꽃 헌화가를 불러줘야겠다. 오늘 저녁 밥상 위에 도라지꽃이 피어나겠지.

사랑의 흔적 천인국

행정실 아저씨들의 무자비한 제초작업에도 살아남은 원추천인국이 꽃을 피웠다. 중심이 짙은 갈색 원추꼴로 요즘 화단이나 도롯가에서 쉽게 볼 수 있다. 88 올림픽 성화 봉송로 조경으로 '천인국'이란 이름을 붙여 급하게 심은 귀화 식물이다. 얼마나 생명력이 강한지 도로 주변뿐만 아니라 어디서든지 볼 수 있다. 그런데, 이 꽃에는 슬픈 전설이 있다.

미국 서부 개척 시대에 인디언을 몰아내는 임무를 맡은 청년 장교가 인디언 추장 딸과 사랑에 빠진다. 그는 인디언과 공존을 모색하기 위해 사령부로 가 설득하다 살해당했다. 이 사실을 모르고 애타게 기다리던 추장 딸도 결국 죽었다. 이듬해 인디언 처녀가 묻힌 자리에 뜨거운 태양을 닮은 꽃이 피어났다. 하늘을 바라보는 사람 형상 국화라는 뜻인 천인국(天人菊)으로 다시 태어난 것이다. 꽃잎은 그녀의 피부색, 눈동자는 꽃술이 되어 지금도 여전히 연인을 기다리며 하늘을 바라보고 있다.

자세히 보면 화려한 무늬와 색깔이 인디언 추장을 연상케 한다. 그래서인지 인디언 국화라고도 부른다. 우리가 흔히 볼 수 있는 원추천인국은 색깔이 천인국보다 갈색 톤이 적은 노란색이지만 사랑의 흔적 같은 천인국 무늬와 색깔은 지워지지 않고 남아있다.

원추천인국은 여름부터 가을까지 뜨거운 태양을 닮은 노란색 꽃으로 피어나 그 강인함을 자랑한다. 속명 따라 '루드베키아'라고도 불리며 다양한 색깔이 생겨났지만, 그 근본인 천인국의 애틋한 사랑 이야기는 변하지 않을 것이다. 꽃잎 진 뒤에도 한겨울까지 원추꼴 두상으로 남아 사랑에 관한 인디언 속담을 우리에게 전해 주리라.

> "이별이 두려워 사랑하지 않는 자는 죽음이 두려워 숨 쉬지 않는 자와 같다."

아득히 그리운 갈망, 천일홍

교장실 앞 화단에 천일홍(千日紅)이 피었다. 백 일 동안 꽃이 펴서 백일홍, 그보다 더 오래간다고 천일홍이다. 실제로 천일은 아니어도 오래도록 꽃 형태나 색채가 쉽게 변하지 않는다.

꽃은 주로 아름다움과 영화로움의 의미를 지니고 있어 아름다운 여자나, 귀하고 호화로운 일에 비유된다. 또한, 사랑을 의미하기도 하고 젊음을 상징하여 '꽃 같은 시절'이란 말을 쓴다. 하지만, 곧 시들어 버리기 때문에 생명의 덧없음을 나타내기도 한다. 그래서 화무십일홍(花無十日紅)이라 했다. 그런데, 사람들은 그 덧없음을 인정하지 못하고 '지지 않는 꽃'을 추구한다. 그것은 갈망이 아니라 욕망이다.

소설가 박범신은 "갈망은 아득히 그리운 것으로, 욕망과 다르다. 욕망은 자본주의 구조가 주입해 놓은 것으로 좋은 집과 차를 소유하더라도 행복해지는 건 아니다. 사랑의 완성과 유지, 영원성과 불멸 같은 보다 근원적인 것에 대한 추구가 갈망이다."라고 했다.

아름다운 꽃의 가변성을 뛰어넘어 영원성을 담보하려는 갈망의 작업이 예술이다. 도자기에 새겨 넣은 꽃은 천년을 가고, 회화나 사진에 담겨 작가의 혼으로 피어나면 예술이 된다. 인간은 누구나 예술 하는 사람, 호모 아르텍스(Homo artex)다. 예술은 거창한 것이 아니다. 자기 생각을 자유롭게 표현하고 남이 해보지 않은 것에 도전하여 자기만의 세계를 창조하는 사람이라면 누구나 예술가가 될 수 있다. 오늘 내가 천일홍을 바라본 눈짓, 스마트폰에 담으려 쪼그린 몸짓, 그리고 쓰고 지우며 움직인 노트북 자판 위 손짓 모두가 예술 행위라 자부한다. 남이 아니라고 하면 어떤가? 나만의 만족한 세계가 있으면 그뿐이다.

토끼풀꽃 같은 천일홍은 붉은색이지만 연한 붉은색이나 흰색도 있다. 가는 줄기 끝에 공 모양 꽃이 한 개씩 핀다. 천일홍은 꽃에 물기가 거의 없다. 그래서 드라이 플라워로 만들어서 걸어두기도 한다. 천일홍 꽃차 효능은 몸을 따뜻하게 해주고 신경을 안정시켜 우울한 기분을 좋게 한다고 한다.

오늘 나는 또 다른 예술 행위에 도전한다. 혼을 담아 찻잔 붉게 물들이고 드라이 플라워로 새롭게 탄생시키리라.

코리안 데이지, 벌개미취

'코리안 데이지'를 아시나요? 처음 듣는다고요? 그렇다면 '벌개미취'는 어떤가요? '별'도 아니고 '벌'이라 더 어려워졌다고요?

이 꽃 이름을 알기 전까지는 그냥 들국화로 알고 있었다. 그런데, 들국화란 꽃이 따로 있는 게 아니라 쑥부쟁이, 구절초, 벌개미취 같은 국화과 꽃을 모두 들국화로 부른다고 한다.

시인 안도현은 "쑥부쟁이와 구절초를 구별하지 못하는 너하고 이 들길 여태 걸어왔다니 나여, 지금부터 너하고 절교다!"라고 했다. 제목이 '무식한 놈'인데, 너무 심한 제목이다. 사실 둘을 분별하기도 쉽지 않지만, 일반인이 구태여 구별할 필요도 없다. 굳이 한다면, 쑥부쟁이는 흰색 혹은 옅은 분홍색인 구절초와 달리 연보라색 꽃잎이다. 원 포기에서 작은 가지가 많이 갈라지는 쑥부쟁이가 구절초보다 상대적으로 작은 꽃을 많이 단다. 이 둘과 달리 여름부터 연한 자주색 꽃을 피우는 게 벌개미취이다.

학명 'Aster koraiensis Nakai'와 영어 이름 'Korean Daisy'에서 알 수 있듯이 벌개미취는 우리나라 특산종이다. 벌개미취는 꽃대에 개미가 붙어 있는 것처럼 작은 털이 있는 취 종류로 특히 벌판에 많이 자란다고 붙은 이름이다. 학명에 있는 'Aster'는 희랍어 별을 의미하니 꽃 모양이 별을 닮았다고 본 거다. 그래서인지 북한에서는 ‘벌개미취’라고 부른다.

원래는 산에 사는 야생화였지만 지금은 도심 화단이나 도롯가에서 흔하게 볼 수 있다. 거기에는 사연이 있다. 1986년 아시안게임과 1988년 서울 올림픽을 계기로 국토 가꾸기 사업이 벌어졌다. 그래서 도로변에 천인국(루드베키아), 메리골드 등 외래종들을 심기 시작했다. 이때 우리 고유 꽃은 없을까를 고민하였다. 결국, 지리산 벌개미취가 선정되어 전국으로 퍼졌다.

가장자리에 톱니가 있는 길쭉한 잎 위로 여름부터 가을까지 보라색 꽃이 끊임없이 피고 진다. 벌개미취가 피기 시작하면 곧 가을이 온다며 ‘가을의 전령’이라 부른다. 벌개미취 이름을 모른다 해도 같이 걷다가 바라보고 연한 미소질 줄 아는 이라면, 그대는 나의 친구다. 친구여! 파란 가을 하늘 열릴 때까지 벌개미취꽃을 바라보며 무더운 여름 함께 견뎌내자.

벌개미취꽃

쑥부쟁이꽃

까실쑥부쟁이꽃

정읍 구절초 축제장

분홍구절초

고추가 매운 이유? 화초고추

행정실 앞 화분 중에 '화초고추'가 보석처럼 달리기 시작했다. '화초고추'는 남미에서는 야생 다년초지만 우리나라에서는 일년초다. 씨앗을 새들이 먹고 사방으로 퍼트려 놓은 것을 원주민들이 모아 정원에 기르기 시작했다. 그래서 '새 고추(bird pepper)'라고도 한다. 하지만, '꽃 고추' 아니면 '하늘 고추'라는 이름이 더 친숙하다.

'하늘 고추'는 열매가 달리기까지는 눈에 잘 띄지 않는다. 일단 열매가 맺히면 노랗게 변했다가 다양한 색으로 물들어간다. 그 과정을 지켜보면 변색하는 보석들이 달린 것처럼 화려하다. 빨강, 주황, 자주 검은색 등이 있으며 한 색상에도 농담 변화가 현저하게 나타나는 품종도 있다. 열매가 많이 달리고 오래가 화초로도 손색이 없다.

문득, 하늘 고추 맛이 궁금해졌다. 과연 매울까? 하늘 고추 꽃말은 '신랄하다'이다. 신랄(辛辣)은 맵고 쓰다는 뜻이다. 한입 물어보니 진짜 맵다. 고추의 한자 이름은 먹으면 맵다고 괴로울 고(苦)자를 써 고초(苦椒)였는데, 고추로 변했다. 고추가 매운 이유는 진화의 산물이다. 씨까지 씹어 부술 위험이 있는 초식 동물을 멀리하고 과육만 먹고 씨는 삼키는 조류를 가까이하기 위함이다. 매운 맛을 잘 느끼지 못하는 새를 이용하여 확산시키는 전략이다.

나리꽃은 보는 방향에 따라 하늘 보면 하늘나리, 땅을 보면 땅나리, 가운데를 보면 중나리라 한다. '하늘 고추'도 그럴까? 꽃이 하늘 향해 피면 당당함, 땅을 향하면 겸손함이라 여긴다면, 하늘 향한 고추는 무엇으로 저리 당당할까? 남을 신랄하게 비판할 수 있는 당당함은 하늘을 향해 부끄럽지 않을 때만 가능한 일이다.

신동엽의 '누가 하늘을 보았다 하는가?'를 읽어보면 답이 나오려나. 고개 들어 가을이 오고 있는 하늘을 바라보았다.

신동엽문학관에서

삶은 온통 예술, 코스모스

3학년 교실에서 마른 코스모스꽃을 들고 창틀 난간에 한 손으로 매달려 있는 인형을 발견하였다. 와! 이런 설치미술을 누가? 누군가 했더니 평소 시계 제작에 관심이 많던 윤○○ 작품이다. 뭔가를 말하고 있는 것 같아 물어보았다. 말려 놓은 코스모스꽃이 예뻐서 친구가 먹은 김밥 싼 알루미늄 포일로 인형을 만들었다고 했다. 내 관심에 기분 나쁘지 않은 것 같아 쉬는 시간에 사진을 찍어 보내라 했다. 포일 인형이 책상 위에 교탁과 칠판 위에도 올라가 있는 사진이 왔다. 그래서 답장을 썼다.

'예술의 달인, 호모 아르텍스'라는 책을 보았더니, "실패를 두려워하지 않고, 자기 생각을 자유롭게 표현하며, 남이 해보지 않은 것에 도전하는 사람이라면 누구나 예술가"라고 하더라. 화폭에 담아내는 그림뿐만이 아니라 행동, 춤사위, 심지어 내 말을 들어달라는 시위까지 삶은 온통 예술이란다. 수능 열흘 전, 교실 창문 난간에 걸려있는 네 작품을 본 순간, 나는 너의 지금 심정을 아니, 이 땅 모든 고3 학생들의 마음을 읽을 수 있었단다. 단언컨대, 너는 이미 예술을 하는 인간, '호모 아르텍스'다. 남은 기간 건강하게 수능 시험 준비 잘해라. 선생님이 응원해주마. ^0^

퇴근 후, 다시 보니 한 손으로 코스모스꽃을 잡은 인형이 살아있는 듯 내게 꾸벅 인사한다. 신이 이 세상을 아름답게 만들기 위해 처음 만든 꽃이 코스모스라고 한다. 아름다운 밤이다.

개쩐다! 개망초

개망초가 일제 침략으로 나라 망할 때쯤에 들어온 외래식물이란 것은 많이 알고 있다. 그런데 분류 속이 다른 망초와 구분하거나 망초가 더 이른 시기에 철도를 놓으면서 침목에 묻어 들어왔음을 아는 사람은 많지 않다.

외관상 가장 큰 차이점을 꼽아보면 망초는 키가 크고 꽃은 개망초가 더 크다. 하나 더 하면 망초 뿌리는 깊고 개망초는 얕아 쉽게 뽑힌다. 망초라는 이름이 붙은 이유로 전래 시기가 나라 망(亡)할 때쯤이어서인지, 농사 망칠 정도의 번식력으로 우거져서(莽)인지는 의견이 분분하다. 그런데 교정 언덕에서 망초와 개망초를 동시에 보면서 의문 하나가 더 생겼다. 개망초꽃이 망초꽃보다 크고 예쁜 데, 왜 '개'를 붙였을까?

국어에서 '개'는 '야생 상태의' 또는 '질이 떨어지는', '흡사하지만 다른'의 뜻을 더하는 접두사다. '흡사하지만 다른'데 해당해도 우리가 쓰는 통상 뜻으로는 잘 이해되지 않는다.

'개'는 대체로 안 좋다는 뜻인데 요즘에는 좋다는 의미로 변환되어 사용되기도 한다. 그렇다면 '개복숭아'처럼 개망초가 약효가 더 좋거나, 뿌리가 짧아 생명력이 약해서일까? 아니면 요즘 아이들이 쓰는 비속어 '개간지'처럼 아주 좋다는 뜻일 거라는 나만의 결론을 내렸다.

오늘 나는 아름다운 부전나비가 망초 위에 앉은 모습을 포착했다. 아주 멋진 그 모습을 요즘 아이들 말로 표현해본다.

'개쩐다!'

개망초꽃

망초꽃

망초에 앉은 부전나비

대장장이 영혼 꼭두서니꽃

보고 싶은 것에 꽂히면 사람 눈에는 그것만 보인다. 요새 교정 산책하다 보면 하트 모양 잎을 단 덩굴식물들이 자꾸 눈에 들어온다. 댕댕이 덩굴과 마에 이에 이번에는 꼭두서니이다.

꼭두서니는 다년생 덩굴성 초본으로 네모가 난 줄기에 가시가 나 있어 잘 달라붙는다. 잎은 심장형 또는 좁은 난형에 4개씩 돌려난다. 꽃은 연한 황색으로 피고 둥근 열매는 가을에 검게 익는다. 꼭두서니 뿌리는 붉은색 염료로 이용되었는데, 빨간색 옛말 '꼭두색' 물들이는 풀이라 해서 붙은 이름이다. 꼭두서니에도 전설이 있다.

"옛날 쇠로는 무엇이든 잘 만들어 내는 대장장이 명인이 있었다. 그의 마지막 소원은 꽃종 만드는 거였다. 하지만 끝내 이루지 못하고 세상을 떠났다. 이듬해 대장장이 무덤가에 가시가 나 있어 뽑기 힘든 풀이 났다. 그 줄기 끝에는 아름답고 작은 꽃들이 매달렸다. 자세히 본 꽃 모양은 종이었다. 사람들은 대장장이 영혼이 꽃으로 피어난 것이며 뿌리에는 그의 붉은 열정이 고스란히 담긴 거라고 말했다."

제초작업 직전에 꺾어온 꼭두서니를 바라보며 자문자답해본다.

"전설의 대장장이처럼 붉은 열정을 쏟아낼 일이 나에게는 있는가?"

"눈만이 아니라 마음도 하고자 하는 것에 꽂히면 이루지 못할 일은 없다."

꽃종은 만들지 못해도 마음의 종은 만들어 때때로 치며 살아야 겠다.

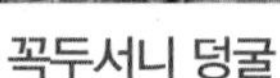

꼭두서니 덩굴

꼭두서니꽃

하루하루 새로운 일일초

우리 학교 교무실 연구부원 책상에는 작은 화분이 하나씩 놓여 있다. 멋을 아시는 연구부장님의 선물이다. 나는 부원들과 함께 연꽃 보러는 갔었지만, 꽃 선물 생각은 못 했다. 그런데, 3월 첫 번째 선물이었던 '칼랑코에'가 진 후, 두 번째 꽃은 여름방학 지나고도 여전히 예쁜 꽃을 계속 피우고 있다. 일일초(日日草)다. 피는 꽃 하나하나 수명은 짧은 편이지만 가을까지 하루하루 새로운 꽃들이 끊임없이 피어나 일일초라는 이름을 얻었다.

일일초는 중남미와 마다가스카르섬 원산 협죽도과에 속하는 여러해살이 식물이다. 우리나라에서는 겨울을 나기 어려워 대개 일년 초로 취급받는다. 전체적인 모양은 원줄기로부터 가지가 나와 광택이 있는 갸름한 타원형 잎을 달고 있다. 꽃잎이 5개인 꽃 색깔은 자주색을 비롯하여 연한 홍자색, 흰색, 붉은 점이 있는 흰색 등 여러 가지다.

일본의 구필 화가인 동시에 시인인 호시노 토미히로의 '일일초'란 시가 있다. 그의 사연을 알고 보면 더 감동적이다. 그는 갓 부임한 체육 교사로 체조 시범을 보이다 사고로 목 아래 전신 마비 고통을 당한다. 하지만, 그는 "헤아릴 수 없이 많은 평범한 일들"을 입에 문 붓으로 쓰고 그리며 절망을 아름다운 예술로 승화시켰다. 그가 꽃을 주제로 그리고 시를 쓴 이유는 뭘까? 그것은 아마도 꽃은 우리가 알지 못하는 저마다의 고통 하나쯤은 이겨냈기에 아름답고 향기롭다는 것을 헤아렸음이리라.

오늘은 출근하여 바라보니 꽃 몇 송이가 떨어져 있다. 어제까지 사연은 떨궈버리고 새로운 꽃을 피웠다. 우리는 하루에도 몇 번씩 희로애락의 감정 기복에 흔들리며 산다. 돌이켜보면 그리 흥분하거나 슬퍼할 일도 아닌데 말이다. 아무리 힘든 일도 세월이 지나면 다 추억이 된다. 그래서일까 일일초 꽃말이 '즐거운 추억'이다.

내 누님은 수필집 '쉼표 달아주기'에서 삶이 팍팍하고 허허롭다고 느껴질 때면 어김없이 호시노 시집 '내 꿈은 언젠가 바람이 되어'를 찾아 읽는다고 했다. 그러면 거짓말처럼 고갈돼버린 에너지가 다시 솟구쳐 오르며 긍정적인 눈으로 변신하는 기쁨을 맛보게 된다기에 나도 따라 해보았다. 창가에 놓인 일일초꽃 한 송이가 가을 첫 바람에 또 떨어졌다. 선생님이었던 호시노의 또 다른 시 '나를 지나간 바람'이 나를 깨우쳐 준다.

> "바람이 분다 그 바람이 푸른 나무를 스치면 녹색 바람이 되고 꽃잎을 스치면 꽃바람이 된다. 바람이 나를 지날 때 나는 어떤 바람이 되었을까?"

일일초는 겨울에 온도를 조절해주면 다년생 화초로도 키울 수 있다. 올가을에는 일일초 화분 하나 집에 들여 보면 어떨까? 늘 바라보면서 하루하루를 의미 있게 살아야겠다.

억새꽃

영남의 알프스 간월재에 갔다.
간월산은 이제 막 단풍 들고 있는데,
억새 평원은 단풍 든 사람으로 화려하다.

억새도 꽃을 피운다.
해가 뜨면 은빛으로 빛나다가,
구름 끼면 어둑해지고, 바람 불면 흔들거린다.
인생을 닮았다.

시월, 간월재 억새 평원은
허연 머리에 흰 수염이 멋지셨던
내 할아버지 품처럼 넉넉하다.

아직 불긋하기를 내려놓지 못해
이리저리 흔들거리는 사내를
푸근하게 안아준다.

억새는 늦게 핀 용담꽃 춥지 말라고,
지천으로 핀 방아꽃 꿀 다 빨 때까지
박각시나방 숨으라고 더 풍성하게 피었다.

언젠가 백발이 되어
다시 찾아와도 품어달라고,
오늘 밤 꿈에 그 옛날처럼
할아버지 수염 잡고 응석 한번 부려봐야지.

간월재 억새 평원

용담꽃

방아꽃과 박각시나방

Marigold

6장

◇◇◇

꽃부리를 머금고

나처럼 사는 건 나밖에 없다. 흰꽃나도사프란

식물 이름 앞에 '나도' 혹은 '너도'가 붙는 것은 대개 비슷하게 생겼기 때문이다. 원래는 완전히 다른 분류지만 어떤 식물의 특징과 부분적으로 비슷할 때 붙인다. '나도밤나무', '너도바람꽃'이 대표적이다.

행정실 앞 화단에 '흰꽃나도사프란'이 피었다. 이름 그대로 사프란과 비슷하지만, 분홍이나 보라색 꽃이 피는 사프란과 달리 흰 꽃이다. '흰꽃나도사프란'은 수선화과로 파처럼 생긴 비늘줄기에서 봄에 새잎이 나고 7~9월에 개화한다. 잎 사이에서 나오는 꽃대 끝에 꽃 한 송이가 하늘 향해 핀다. 음지에서는 반쯤 벌어지고 양지에서는 활짝 피며 밤에는 오므라진다.

사프란(saffron)은 붓꽃과에 속하는 식물로 남유럽과 소아시아가 원산이다. 사프란 어원은 아랍어 Sahafaran(노란색)에서 유래되었다. 붉은색인 암술을 말리면 황금 주황색으로 변한다. 고대 그리스 로마 시대에는 왕실 의상을 염색하는 데 사용하였다. 음식에 맛과 색을 내기 위해서는 붉은색 암술머리를 뽑은 뒤 쟁반에 펼쳐 숯불에 말린다. 1g을 얻는 데 500여 개의 암술이 필요하다. 그래서인지, 최근까지도 무게당 가격이 금과 대등할 정도로 가장 비싼 향신료로 거래되었다.

사프란꽃이 아무리 비싸게 팔려도 맑고 깨끗한 '흰꽃나도사프란'이 나는 더 예쁘다. 본래 꽃에는 우열이 없지만 말이다. 화려한 꽃만 주목하고, 잘 보이지 않는 작고 여린 풀꽃들을 애써 찾지 않아서 그렇지 모두가 자기만의 장점이 있는 최선의 결과물들이다. 아이들도 마찬가지다. 각각 다른 크기와 색깔을 준비하였다가 때에 따라 피어날 꽃들이다. 어떤 꽃은 이른 봄에 또 어떤 꽃은 조금 늦어 늦가을에 핀다. 만화 잘 그리는 아이, 악기 연주 잘하는 아이 등 점수로 매겨지지 않는 장점 있는 아이들을 찾아 꽃으로 부르자. 처음에는 '너도 꽃'임부터 알려주자. 물론 '너도'는 '나도'보다 수동적이지만 자꾸 '너도 꽃이다' 해주면 언젠가는 '나도 꽃'임을 스스로 알게 될 날이 오리라 믿는다.

'흰꽃나도사프란'이 핀 날, 가끔 찾아 듣는 가수 홍순관의 노래 '나처럼 사는 건'을 따라 불러본다. 들을수록 마음이 차분해져 참 좋다. 노래를 듣고 교정에 나서니 노랫말 그대로다.

> "나처럼 사는 건 나밖에 없다고 강아지풀도 바람에 흔들리고 있어요."

꽃이 필까? 강아지풀

사람들이 야생화하면 제일 먼저 떠올리는 꽃은 무엇일까? 2014년에 한국농촌경제연구원과 국립수목원이 조사한 결과 1위는 민들레였다. 그다음으로 할미꽃, 진달래, 개나리, 제비꽃, 무궁화, 철쭉, 강아지풀 순이다. 대부분 주변에서 쉽게 볼 수 있는 것들로 우리 정서를 반영하고 있는데, 독특하게 강아지풀이 들어가 있다. 그런데, 강아지풀도 꽃이 필까? '동심'이란 꽃말도 있으니 꽃이 피는 게 확실하다.

강아지풀은 벼과 한해살이풀이다. 이삭이 강아지 꼬리를 닮아서 강아지풀이라 부르고, 개꼬리풀이라고도 한다. 꽃은 초록색으로 7~10월경 가지 끝에 털이 있는 이삭 꽃차례로 달린다. 가을에 조를 닮은 씨앗이 연한 갈색으로 익어 가며 고개 숙인다. 예전에는 씨로 죽 끓여 허기를 메우기도 했던 구황식물이었다. 한방에서는 전초를 말려서 약으로 사용한다. 열독을 풀어주는 작용이 있어 충혈된 눈을 치료하여 맑게 해준다. 종기, 옴, 버짐이나 상처가 생겼을 때도 쓴다.

어렸을 때처럼 강아지풀로 손등을 간지럽혀 본다. 그런데, 별로 간지럽지 않다. 간지러움에도 역사와 과학이 있다. 간질이면 왜 웃게 되는지, 자신이 간질이면 왜 웃지 않는가에 대해 아리스토텔레스 시대부터 다윈에 이르기까지 많은 학자가 고민했다. 이

중 자신에게 간지럼 태우지 못하는 이유는 간지럼 타리라는 것을 미리 알기 때문이라는 아리스토텔레스 주장이 가장 신빙성 있어 보인다. 간지럼도 심하면 고문이다. 실제로 중세 서양에서 적군의 겨드랑이를 간질이는 고문을 가했다는 기록이 남아있다.

가벼운 간지러움은 사람 사이에 친밀감을 강화해 주는 손쉬운 방법이다. 오늘은 강아지풀로 무뚝뚝해진 아들 녀석 목덜미를 몰래 간지럼 태워보아야겠다. 녀석이 어렸을 때처럼 활짝 웃어줄까?

좀생이가 된들, 좀작살나무

바야흐로 가을이다. 공원을 산책하다 보면 나뭇잎 색깔들이 달라지기 시작하는 요즘이다. 크고 작은 열매들도 붉게 혹은 검게 익어 간다. 그런데, 단연 눈에 띄는 것은 보라색으로 변해가는 좀작살나무 열매이다. 가을에 자잘한 열매를 맺는 나무는 대체로 꽃색과 열매 색깔이 다르다. 봄에 흰 꽃이 피는 가막살나무는 붉은 열매를, 쥐똥나무는 검은색 열매를 단다. 이에 비하면 좀작살나무는 보라색 꽃에 보라색 열매이다. 한결같아 좋다.

작살나무는 가지가 갈라지는 것이 마치 물고기를 잡을 때 쓰는 작살 같아서 붙여진 이름이다. 여기에 열매가 작은 것을 '좀작살나무'라고 한다. 생각해보니 꽃 이름에도 '좀'이 들어간 게 좀 있다. 대체로 꽃이 작은 것에 붙인다. 좀나팔꽃, 좀꽃마리꽃, 좀씀바귀꽃…

좀이 들어간 것들은 작아서인지 귀엽고 앙증맞다. 하지만 부정적인 의미를 담은 말도 있다. 좀스러운 사람이나 자질구레한 물건을 이르는 말인 '좀생이'가 그렇다. 예나 지금이나 교사를 '좀생이'라고 비아냥거리는 사람을 종종 본다. 아마도 교사로서 기본적으로 해야 할 일들이 학생들을 상대하면서 시시콜콜한 것들이 많아서일 거다. 최근 대범한 '상남자'를 선호하는 세태에서는 더 그럴지도 모른다. 하지만, 제대로 된 교사라면 '좀생이'란 말이 두려워서 할 일을 못 해서는 안 된다. 학생이 지각하거나 낯빛이 좋지 않으면 그 이유를 알아야 하고 예의에 벗어난 행동을 하면 지적해서 바로잡아야 한다.

공자가 군자와 소인을 가른 여러 기준 중에 "子曰 君子求諸己, 小人求諸人"이 있다. 군자는 무슨 문제가 생기면 그 원인을 자기에게서 찾지만, 소인은 남 탓만 한다는 가르침이다. 여기서 소인은 '좀생이'를 말한다. 교사가 '좀생이' 소리를 듣는 이유가 역설적으로 자신이 해야 할 일을 하지 않고 남만 탓해서는 아닐까? 논어에 가장 많이 나오는 글자는 인(仁)이다. 공자의 인에는 두 가지 요소가 있다. 하나는 '솔직함(直)'이고 다른 하나는 '예의 바름(禮)'이다. 공자는 말했다.

> "솔직하더라도 남에게 무례하거나 실례가 되어서는 안 되므로 예를 지켜야 한다. 그렇다고 너무 예만 떠받들어서도 곤란하다. '예'가 지나쳐도 소인, 즉 '좀생이'가 되므로 둘을 균형 있게 유지해야 한다."

지나치지 않을 만큼의 '예'가 어느 정도인지 가늠하기는 어렵지만 '좀생이' 소리가 두려워 '예' 교육의 끈을 놓을까 우려스럽다.

밤하늘에도 좀생이별(Pleiades)이 있다. 자잘한 별들이 좀스럽게 모여 있다 해서 우리 조상들이 붙인 이름이다. 그리스 신화에는 평생 하늘을 떠받치는 형벌을 받은 아틀라스(Atlas)와 요정 플레이오네(Pleione) 사이에서 태어난 일곱 자매가 별이 된 것이라고 한다.

고대부터 북반구에서는 봄철 새벽에 이 성단이 떠오르면 항해와 농사를 시작하는 계절임을 나타내고, 가을 아침에 서쪽으로 지면 계절이 끝나는 것으로 여겼다. 조선 헌종 때 정학유가 지은 장편 가사인 '농가월령가'는 농가 세시 풍속을 알려준다. 그중 2월에 "초엿새 날 좀생이는 풍년 흉년 짐작하니"가 나온다. 매년 음력 2월 초엿새를 강릉에서는 '좀상날' 또는 '좀생이날'이라 부른다. 마을 주민들은 이날 초저녁에 초승달이 떠오르면 달과 좀생이와의 거리를 보고 그해 농사 풍흉을 점쳐왔다. 초승달은 '밥 이고 가는 여인', 좀생이는 '밥 얻어먹기 위해 따라가는 아이'를 상징했다. 좀생이가 달에 가까이 따라가면 그 해는 흉년으로, 좀생이가 달에서 떨어져서 어느 정도 거리를 두고 따라가면 그해 농사는 풍년이라고 믿었다.

교사는 언제나 앞장서 학생을 이끌어 주어야 한다는 강박 관념에 빠지기 쉽다. 제도나 관습의 틀에 가두어 놓고는 무조건 따라오라 강요하고 있지는 않은지 생각해 볼 일이다. 그것이 지나친 '예'가 될지 모르기 때문이다. 앞으로는 학생들에게 때론 앞서가는 길라잡이, 때론 적절한 거리를 두고 뒤따라가며 후원해 주는 '좀생이별'이 되어야겠다.

학생들의 앞길을 뒤에서 비춰주는 별이 된다면 '좀생이'라 비아냥거려도 기쁜 마음으로 '좀생이'가 된들 좀 어떤가?

그리움을 소환하는 향기, 깻잎

본관 앞 경사로 조경석 사이에 핀, 낯선 꽃이 눈에 띄었다. 즉시 사진 찍어 꽃식물 이름 찾기 밴드에 올리니, 순식간에 답이 나왔다. 산 들깨와 방아 잎이다. 살짝 만져보니 둘 다 향이 진하다. 지금껏 독특한 향기를 내뿜는 허브 식물은 페퍼민트나 로즈메리처럼 모두 외국에서 들어온 것으로 알고 있었다.

허브 어원은 라틴어 'herbs'로 '향기로운 식물'이란 뜻이다. 그렇다면, 향기 나는 산 들깨와 방아 풀도 허브 식물이다.

산 들깨꽃 모양은 입술 같기도 하고, 종 같기도 한 연보라색으로 예쁘다. 순간, 3학년 출입구 옆 난간에 자리 잡고 사는 들깨꽃이 궁금해졌다. 흰색인 거 같은데 자세히 본 적이 없다. 부리나케 갔더니 꽃은 이미 지고 종 모양 꼬투리를 달고 있다. 진한 들깨 향기는 지난 추억 하나를 떠올려 주었다.

작년 이맘때, 집 뒷산을 산책하고 내려오다 어느 텃밭 깻잎을 따 먹은 적이 있었다. 그 이야기를 시골 어머니와 통화했는데, 어머니는 기억하고 계셨다. 올가을 벌초하러 고향에 갔더니 어머니께서 깻잎장아찌와 들깨 기름을 주셨다. 한 잎 두 잎 정성껏 차곡차곡 양념 곁들여 만드신 깻잎 한 장 먹을 때마다 어머니의 한없는 사랑을 느낀다.

허브는 크게 질병 치료 목적으로 사용하는 약용 허브와 향기를 느끼거나 음미하는 향신료가 있다. 여기에 하나 더 '마음을 정화하는 특별함'을 추가하고 싶다.

산 들깨꽃 옆 방아잎 향은 더 독특하다. 여러해살이풀인 방아잎은 꿀풀과로 보라색 예쁜 꽃이 핀다. 한의학에서는 방아잎을 배초향(排草香)으로 부른다. 향기가 짙어서 다른 어떤 식물 향기도 물리친다는 이름이다. 잎에서 나는 상큼한 향이 머리를 맑게 해준다. 또한, 비린내를 잡아줘 추어탕이나 생선 매운탕에 주로 쓰인다.

곧 추석 연휴다. 고향 집 텃밭 깻잎 따다 어머니와 함께 먹어야겠다. 깻잎에는 여러 효능이 있는데 그중에 치매 예방이 있다. 팔순 넘으신 어머니 치매 예방과 내 기억 속 어머니의 따뜻한 사랑이 영원히 잊히지 않기를 소망하면서.

프루스트 현상(Proust phenomenon)이란 게 있다. 어떤 시공간 속에서 느꼈던 특정한 냄새가 기억의 저장과 재생에 도움이 되는 현상을 말한다. 깻잎 향기는 훗날 나에게 어머니와 함께한 그리운 순간을 아름답게 소환해주겠지.

산 들깨꽃

배초향꽃

상서로운 빛 서광

가을 교정에 알록달록 메리골드가 한창이다. 메리골드(Marigold) 이름은 금잔화 속 식물들을 가리키나 그 외 다른 몇 갯과에 속하는 전혀 다른 식물들을 말하기도 한다. 잎에서 강한 냄새가 나지만 원예식물로 흔히 뜰에 많이 심는다.

메리골드는 크게 두 가지로 나뉜다. 하나는 만수국(프렌치 메리골드)이고, 다른 하나는 천수국(아프리칸 메리골드)이다. '수(壽)' '천(千)' '만(萬)'자가 붙은 것은 꽃이 한 번 피면 오랫동안 피기 때문이다. 좀 더 구분해보면 주로 단색이거나 노랑 계열 꽃은 아프리칸 메리골드(천수국), 붉은색과 혼합 색상은 프렌치 메리골드(만수국)다.

그렇다면 우리 학교 화단 꽃들은 대부분 만수국이다. 그런데, 뭔가 확 와 닿는 이름이 아니다. 옛날 고향 집 화단이나 울타리 근처에서 특유한 냄새를 풍기던 '서광'이 더 친숙하다. 하지만, '서광'이란 이름이 왜 붙었는지는 잘 모른다. 꽃을 볼 때마다 궁금하다가도 잊기를 반복하다 이참에 나름대로 추리해보았다.

꽃 이름에는 각각의 의미가 있어 유래를 찾다 보면 꽃에 더 다가설 수 있다. 꽃 이름은 형태, 신화, 전설 등에서 유래한 경우가 많다. '서광'도 그러하지 않을까?

옛날 태양신을 동경한 소녀가 영혼이 되어 태양 속으로 사라지고, 서 있던 장소에 메리골드가 피어났다는 전설이 있다. 그리고 꽃이 성모 광배를 닮았다는 믿음에서 메리골드라 했다는 설도 있다. 두 이야기 모두 빛과 관련이 있다.

'서광'은 사전적으로 새벽에 동이 틀 때의 상서로운 빛을 의미한다. 여기에다 한 가지 더 중요한 단서를 찾았다. '서광'이란 이름은 다양한 작물의 품종명에도 쓰이고 있다는 사실이다. 사과 토마토 그리고 무궁화다. 무궁화 품종 중 흰색이거나 연분홍 꽃잎 안에 붉은 꽃술 부분이 햇살 퍼지는 모양으로 만들어진 것에 '서광'이란 이름을 붙였다고 한다.

그렇다면 메리골드가 지닌 다양한 빛의 의미를 담아 누군가가 '서광'이란 이름을 붙인 것이 아닐까?

청교도 혁명으로 쫓겨나 유폐되었다가 자신은 '국민의 순교자'임을 주장하며 당당하게 죽음을 맞이했던 찰스 1세가 했다는 말 그대로, 오늘도 서광은 태양을 향해 활짝 웃고 있다.

> "메리골드는 태양을 보고 있다. 우리 백성이 짐을 보는 것보다 더 열심히."

꽃이 져야 알 수 있는 도깨비바늘

모든 이름은 정체성을 담고 있다. 그래서 이름을 알면 대략 그 모습이나 습성도 알 수 있다. 그런데 야생초나 야생화 이름은 꼭 그렇지만은 않다. 봄부터 교정 화단과 언덕 풀숲에는 수없이 많은 식물이 싹 올리고 꽃을 피웠다. 관심 두고 보지 않아 존재 여부도 모르게 사라진 것도 부지기수이다. 모처럼 만에 교정을 산책하다 눈에 들어온 녀석 이름도 금방 떠오르지 않아 도독 가시, 도꼬마리, 도깨비 풀 등을 내뱉다 도깨비바늘이 생각났다. 이처럼 식물 이름을 알고 기억하기란 쉽지 않다.

식물은 수수꽃다리처럼 꽃 모양으로 이름을 알 수 있는 것도 있지만, 어떤 것은 팔손이처럼 잎을 보아야만, 또 어떤 것은 쥐똥나무처럼 열매가 달리고 나서야 왜 그런 이름이 붙었는지 알게 된다. 심지어 애기똥풀이나 피나물처럼 상처를 내 그 분비물을 보아야 이해되는 이름도 있다. '될성부른 나무는 떡잎부터 알아본다.'라는 말이 있지만 어린 시기 모습은 초라해도 어떤 것은 빠르게 또 어떤 것은 느지막이 꽃 피우고 열매 맺어 자기 존재가치를 어김없이 펼치는 것도 있다. 식물 이름을 알아갈수록 자연은 위대하고 신비롭다는 것을 새삼 느낀다.

도깨비바늘은 열매가 바늘을 닮았고, 도깨비처럼 몰래 붙어 씨를 퍼뜨린다고 붙은 이름이다. 가을에 산이나 들에 다니다 보면

바늘같이 생긴 열매가 옷에 붙었을 때쯤이나 대부분 존재를 알게 된다. 그런데 이 녀석도 예쁜 꽃을 피우는 시절이 있음을 오늘에서야 알았다. 도깨비바늘꽃은 둘레에 곤충을 모으는 혀처럼 내민 노란색 꽃잎이 서너 장 핀다. 꽃이 진 뒤 처음에는 몽당 빗자루 모양으로 매달려 있다가 씨앗 사이가 불꽃놀이처럼 방사선으로 펴지면서 여물어 간다.

도깨비바늘인데 꽃 모양이 다른 울산 도깨비바늘도 있다. 노란 혀 꽃이 없는 통꽃이다. 1990년대에 처음 발견된 지역이 울산이라 울산 도깨비바늘이다. 최근에는 이 추출물을 사용하여 화장품을 만든다고 한다. 이름과 달리 가장 안전한 천연성분이라 피부 보습제로 활용된다니, 세상에 무의미한 존재는 없는가 보다.

교정 이곳저곳 도깨비바늘을 자세히 살펴보면 어떤 녀석은 큰 키에 벌써 꽃송이를 여럿 달고 있고, 어떤 녀석은 척박한 땅에 자리 잡아선지 아직 키가 작고 이제 막 꽃잎 혀를 한두 개밖에 내지 못했다. 그래도 눈 오기 전까지 꽃피우고 바늘 달아 제 역할 다 하겠지.

3학년 교실 학생들 책상 위에 대학 수시 원수 접수 희망 순위를 적는 양식이 놓여 있었다. 누구는 자신 있게 원하는 대학과 과를 충실하게 적었고 누구는 아직도 적지 못해 고민하는 모습이 역력했다. 아직 자기 존재가치를 발견하지 못하고 목표 설정이 안 된 학생들이지만 이들도 사회에 나가면 늦더라도 잠재력을 펼칠 날이 있을 거라 믿는다. 조금은 답답해진 마음을 도깨비바늘꽃을 보면서 추슬렀다.

산이나 들에 나갔다가 집에 오면 옷에 도깨비바늘이 붙어와 짜증 내며 떼어낸 경험이 있다. 자기 자손을 널리 퍼뜨리기 위해 갈고리 같은 가시로 사람 옷에 붙어 이동시키려는 생존 전략임을 어여삐 봐주어 올가을엔 투덜대지 말아야겠다. 혹시 아는가? 도깨비바늘에 항암 성분이 있다고 밝혀져 그 존재가치가 더 높아질지도 모를 일이다.

세월이 흘러 이름이 가물가물해진 제자가 도깨비처럼 불쑥 찾아올 때가 종종 있다. 어떤 분야에서 작은 성공을 이루었다고 말할 때면 학생 시절 내 눈에 보였던 도깨비바늘 같이 붙어 있던 그 가능성에 놀라곤 했다. 그런 도깨비바늘을 찾아 오늘도 즐거운 마음으로 교실에 간다.

'그냥 좋다'라는 말

교원능력개발평가 결과가 나왔다. 제도 자체를 환영하지는 않지만, 아이들에게 내 모습은 어떻게 보였을까? 떨리는 심정으로 열어보았다. 영역별 점수는 간혹 장난기 있는 학생들의 태도를 볼 때 모두 다 신뢰할 수 없는 것도 사실이다. 하지만 서술형으로 남긴 글은 점수와는 차원이 다르게 다가온다. 때론 상처가 되기도 하고 힘이 되기도 한다.

입시와 거리가 먼 3학년 자연계 세계사를 어떻게 가르치나? 고민하다가 무조건 재밌게, 짧고 굵게 핵심 위주로 수업했는데, 재밌었다가 많이 나와 일단은 성공한 것 같다. 하지만 한편으로는 씁쓸해지는 것은 왜일까? 점점 나이 차가 벌어져 가는 학생들을 대상으로 때론 기분이 안 좋을 때도 피에로처럼 웃고 떠들기도 했음을 아이들은 알까? 그리고 역사가 재미로만 끝나면 안 된다는 것을 아이들에게 제대로 전달은 한 것인가? 다음 페이지로 넘겼는데, 폐부에 쏜살같이 깊숙이 박히는 말이 선명하다.

"변하지 않으셨으면 좋겠습니다."

순간, 가슴이 뭉클해지면서도 두렵다. 전년도에 보았던 "그냥 좋다"와 사뭇 다른 느낌이다. 무슨 뜻으로 썼는지는 알겠지만, 꼭 앞에 붙어 있을 것만 같은 '절대'라는 말이 숨 막힌다.

아직은 복도에서 팔짱 끼는 학생이 있어 행복하다. 하지만, 세월이 흐르면 선생도 나이를 먹는다. 젊은 선생만 선호하는 세태가 못마땅하지만 그렇게 된 연유도 있음을 안다. 그래도 나이에 맞는 역할이 분명 있다. 그래서 다짐해본다. 앞으로 절대 변하지 않겠다는 말보다 나이에 맞게 그냥 좋은 선생님이 되어야겠다. 당해 평가가 아닌 뒷날에 그냥 좋았던 선생님으로 기억되고 싶다. 학생들을 그냥 좋아한다고 해서 대충하겠다는 뜻으로 오해 마시라. 이 땅의 나이 든 선생들 모두 학생들을 사랑하는 마음은 변하지 않을 테니까.

그래서 도종환 시인의 '스승의 기도'를 초임 심정으로 돌아가 나지막하게 읊조려 본다.

"날려 보내기 위해 새들을 키웁니다"

텃밭 화원

지난 2년간 아파트 옆 공터에 일궜던 조그만 텃밭이 옆 단지가 생기면서 아쉽게도 사라졌다. 그동안 다양한 작물을 키웠다. 덤으로 채소들 귀한 꽃의 아름다움에 감동하기도 한 나만의 화원이었다.

호미로 골라낸 돌로 작은 돌담을 쌓고 고추, 토마토, 가지, 치커리, 부추, 쑥갓 등을 심었다. 남은 곳에는 상추 씨앗을 뿌리고는 새싹이 나와 커가는 재미를 맛보기도 하였다. 때론, 꽃구경 가느냐 등한시한 적도 있었다. 이른 봄 김용택 시인의 '봄날'처럼, 섬진강 매화 보러 텃밭에 호미만 남기고 아내와 떠나기도 하였다.

> "나 찾다가 / 텃밭에 / 흙 묻은 호미만 있거든 / 예쁜 여자랑 손잡고 / 섬진강 봄물을 따라 / 매화꽃 보러 간 줄 알그라"

초가을에는 안도현 시인의 "꽃무릇 보지 않고 가을이라고 말하지 말라"라는 시어에 혹해, 끝물 오이 따 먹고 첫물 꽃무릇 찾아 불갑사에 간 적도 있다.

향미에 취해 모조리 잘라 먹었다면 볼 수 없는 꽃도 보았다. 게으른 주인 만난 덕일까? 쑥갓꽃이 햇무리 진 크라운 데이지로 피어 환했다. 옥수수 사이에 파종한 동부 콩이 벌어 꽃을 달았을 때는 콩꽃들은 왜 대부분 나비 모양일까? 곰곰이 생각해보았고, 팥 심은 데 팥 나 팥밥 한번 해 먹을 만큼의 수확을 기원하기도 하였다. 휴일 아침 눈을 뜨자마자 치커리꽃을 보려고 서둘러 나갔다. 이 녀석은 퇴근 후에 가 보면 비밀스럽게 피워놓고는 금세 오므라들어 볼 수 없었다. 그 은밀한 개화 현장을 보고는 청보라 색 꽃에 흠뻑 빠졌다. 마찬가지로 오후에는 볼 수 없는 목화꽃 닮은 오크라꽃 마저 본 날은 안 먹어도 배불러, 꽃 핀 삼 채와 부추는 차마 자르지 못하고, 방울토마토 몇 알과 가지 한 개로도 풍성한 아침 식탁이 되었다.

그런데 가장 기억에 남는 것은 옥수수다. 옥수수 심은 초보 농군은 초여름 내내 분주했다. 조로에 담은 물 한 방울도 아까울세라, 바쁜 조로 주둥이 어디 빠질세라, 척박한 땅, 긴 가뭄에 옥수수는 하루라도 물을 주지 않으면 생을 접을 듯 오그라들곤 하였다.

주인이 매일 드나드는 옆 텃밭 옥수수 키에 한 참 못 미친 녀석들이 수염을 단 자루를 내밀었을 때는 미숙아가 나올까 전전긍긍하였다. 고향 어머니께서 가르쳐 주신 대로 수염이 마르길 기다려 옥수수를 땄다. 그런데 껍질 벗겨보니 제대로 알 박힌 게 없고, 어떤 것은 날짐승이 한쪽을 갉아 먹은 흔적도 있다. 잘 키워 예쁘게 알 박힌 것은 옆 동 사는 신혼부부에게 주겠다던 약속 대신, 날 짐승의 허기를 달래주었으니 그나마 다행이었다.

나는 고맙게 열어 준 옥수수에 마지막 예우를 다했다. 볼품없는 옥수수를 자루 채 찌는 대신, 한 알 한 알 낱알로 떼어내 알곡으로 변신시켰다. 다음날 아침밥에 옥수수 낱알이 보석처럼 박혀 빛났다.

쑥갓꽃

치커리꽃

오크라꽃

동부콩꽃

옥수수 낱알

삼채꽃

막핀꽃

'인생은 멀리서 보면 희극, 가까이서 보면 비극'이라고 찰리 채플린이 말했다. 흔히 희극과 비극이 교차하는 인생을 '영화 같은 삶'이라고 말한다. 그런 영화 같은 삶을 그린 영화가 있다.

알뜰살뜰 행복한 가정을 꾸려 왔던 어느 노인이 치매 증세가 심해져 점차 기억을 잃는다. 가족들에게 짐이 되고 싶지 않아 떨어져 혼자 살다가 현실 세계에서 자기 아내인 꽃집 주인과 전혀 모르는 사람으로서 새로운 연애를 한다. 그런데 그녀도 췌장암 말기이다. 이런 참담하고 불행한 상황을 아름답게 그린 영화가 '장수상회'이다. 인생 말년에, 다시 오지 않으리라 생각했던 순간에 불현듯이 찾아온 사랑으로 인해 점점 변해가는 '성칠'과 '금님', 그리고 두 사람 사랑을 옆에서 응원하는 주변 사람들을 그렸다. 가슴 한편이 따뜻해지는 영화다.

성칠과 금님의 대화는 애달프다. 비를 피해 선 곳에 피어있는 '막핀꽃'을 우연히 보고 금님은 "봄꽃이 가을에 다시 피어났다."라며 인생 말년 노년기에 다시 찾아온 사랑을 아름답게 이야기한다.

막핀꽃(Reflorescence), 영화를 보고 알게 된 단어다. 지어낸 말인 줄 알았는데, 봄에 꽃핀 화목이 가을에 다시 꽃피는 현상을 뜻하는 원예학 용어이다. 여름에 꽃눈 형성이 끝난 개나리, 벚나무,

등나무, 꽃 잔디 등에서 자주 볼 수 있다고 한다. 초겨울 요즘 교정에는 원예학 용어 막핀꽃은 아니지만 막핀꽃 같은 꽃들이 피어 있다. 봄, 여름에 피었다가 떨어진 씨앗이 자라 다시 핀 녀석들도 있다. 제비꽃, 털별꽃아재비, 자주달개비, 나팔꽃 등 찾아보니 꽤 많다. 무슨 사연으로 이렇게 느지막이 다시 꽃을 피웠을까? 못다 이룬 꿈이 남아서일까?

근래 TV 방송에 '꽃보다 ○○'이 유행한 적이 있다. '꽃보다 남자', '꽃보다 누나', '꽃보다 할배' 등이다. 아마 그 이유는 꽃보다도 아름다운 순간이 또 있음을 사람들이 알고 있기 때문이리라. 혹여, 그런 순간이 없더라도 꽃을 피우는 과정의 노력, 꽃을 떨구고 열매 맺고 낙엽 지는 순간들을 아름답게 보내고 싶은 열망을 담은 표현에 공감해서일 거다.

마침, '장수 상회'에 나오는 두 주인공 '성칠'(박근형)과 '금님'(윤여정), 모두 '꽃보다 할배', '꽃보다 누나'에 나온 배우들이다. 두 배우 농익은 연기가 '꽃보다 눈물'이다.

겨울비 내리는 오늘이 지나면 이제 본격적인 추위가 찾아온다. 찬 이슬에 된서리 한 번 더 맞으면 아직 푸른 잎과 늦은 꽃을 달고 있는 연약한 초목들은 다 사그라질 운명이다. 하지만, 뿌리로 씨앗으로 또 다른 생명을 잉태하고 때를 기다리다 또다시 싹 틔우고 저마다 꽃을 피울 것이다.

수학 능력 시험이 끝난 요즘 고3 교실은 흉흉하다. 수시 합격생 얼굴은 봄꽃처럼 화사하지만, 수능 최저 기준을 맞추지 못했거나 수시 합격자 명단에 이름 올리지 못한 학생들 얼굴은 초겨울 들판처럼 쓸쓸하다. 차라리 일찍 재수를 결정한 학생 얼굴이 평화로워 보인다. 어쩜 저 학생 표정은 내년에 다시 꽃 피우기 위한 동면 준비를 다 하였다는 증거일지도 모른다. 문제는 아직 갈 길 못 찾아 고민하는 학생들의 마음을 어떻게 달래주나이다. 사실, 딱히 뭐라고 말해주기 어렵다. 다만, 어깨 한번 또닥거려 주거나 따뜻한 눈길 한 번 줄 뿐이다. 꽃은 봄에만 피는 것이 아니고 한여름에도 요즘 같은 초겨울에도 핀다고, 늦게 피는 꽃이 때론 더 아름답다고. 한 번 피었다가 다시 피는 연약하고 애처로운 꽃이 아니라 조금 늦어도 준비를 잘해 아름답고 향기로운 꽃을 피우라고 말해주어야겠다. 진심이 전달되길 바라면서 말이다.

막핀꽃은 읽기에 따라 이제 막 핀 꽃, 마지막에 핀 꽃, 또는 제멋대로 핀 꽃이 될 수도 있다. 지금부터 삶을 잘 계획하여 제멋대로 피는 꽃이 아니라 진정으로 아름다운 꽃을 피우는 '꽃보다 교사'가 되어야겠다.

술 마신 날

술 마신 날에는
빈손으로 집에 가면 안 되지.

친구들과 모임 파하고 집에 가다가
눈에 들어온 호떡집,
나는 그냥 지나칠 수 없어 친구들을 불렀어.
왜냐면, 울 아버지 술 드시고 오시는 날,
빈손으로 오신 적 없으셨거든.

눈 내리던 겨울 어느 날,
술 취하신 울 아버지
자전차 끌고 오신 다음 날 아침
나는 일어나자마자 대문 밖에 나갔어.
아버지 비틀비틀하신 흔적 찾아.
하얀 눈 위에 꽃처럼 떨어져 있던
주황색 귤은 너무나 명징하게
어린 내 가슴에 남았지.

친구들 호떡 들고
집에 가는 모습 뒤로
첫눈이 나부낀다.

그런데, 친구들아, 그거 아니?
아줌마가 나만 호떡 하나 더 준거. 하하~

술 마신 날에는
빈손으로 집에 가면 안 된다.

눈꽃에도 꽃잎이 있을까?

12월, '막핀꽃'도 떨어져 황량하던 교정이 밤사이 내린 눈으로 새하얗게 변했다. 하늘에는 아직 갈 길 못 찾은 눈송이만 간간이 날리고 있다. 꽃이 져서 아쉬웠는데, 지는 꽃의 마음을 아는 이가 눈꽃을 보내주었다. 눈송이란 말 자체가 굵게 엉기어 꽃송이처럼 내리는 눈이니, 설화(雪花)다.

눈꽃에도 꽃잎이 있을까? 있다면 몇 개나 될까? 올 한 해 교정의 수많은 꽃을 보면서 늘 갖고 있었던, '꽃잎 수는 왜 각기 다를까?' '몇 개 꽃잎을 지닌 식물이 가장 많을까?'라는 의문의 연장선이다.

그런데, 이런 의문은 동서고금 많은 사람이 갖고 있었다. 눈송이는 별 모양 육각형이다. 이 사실을 유럽은 13세기에야 알았지만, 중국인들은 기원전에 이미 눈송이는 언제나 육각임을 알고 있었다. 하지만, 중국인들도 눈 결정이 왜 육각인지는 몰랐다. 그저 육각은 진정한 물의 숫자이기 때문에 물이 굳어서 눈꽃이 되면 육각을 띠는 건 당연하다는 수준에 그쳤다.

조선 시대 이이는 23세 겨울에 치른 별시(別試)에서 장원급제했다. 그때 시험문제와 답이 흥미롭다. "초목의 꽃은 다섯 잎이 대부분인데 설화(雪花)만이 유독 여섯 잎인 것은 어째서인가?"라는 과

제에 율곡은,

"초목의 꽃은 양의 기운을 받기 때문에 대부분 다섯 잎이 나오는 것이니 다섯은 양의 수(數)이고, 눈은 음의 기운을 받기 때문에 홀로 여섯 잎이 나오는 것이니 여섯은 음의 수입니다. 이는 어찌할 수 없는 자연의 이치입니다."라 답했다.

어떻게 율곡은 훗날 과학적으로 증명된 사실들을 알고 있었을까? 철학은 과학을 뛰어넘는 신비까지 포함하는 걸까? 어쨌든, 육각형이란 사실은 현미경으로 눈 결정 사진을 찍는 데 일생을 바친 미국 벤틀리에 의해 확실하게 밝혀졌다. 또한, 일본 학자에 의해 씨를 퍼뜨리는 종자식물 꽃잎 수 통계도 나왔다. 하나 1%, 2개 3%, 3개 17%, 4개 17.4%, 5개 38.4%, 6개 3.2%이다. 7개 이상도 3.2%나 있고 꽃잎 수를 모르는 것도 3%나 된다고 한다. 다섯 꽃잎을 가진 식물이 가장 많아 율곡 답안은 맞았다. 그런데, 2개, 4개, 6개 등 짝수 잎 꽃들도 30%가 넘어 율곡 해석으로는 다 설명할 수 없다.

수학에 '피보나치의 수열'이 있다. 이탈리아 수학자 피보나치는 농장에 머물면서 지내던 어느 날, 토끼가 번식하는 과정을 보면서 다음과 같은 문제에 흥미를 가졌다.

"갓 태어난 암수 한 쌍 토끼를 사육한다고 하자. 그리고 새로 난 토끼 한 쌍은 두 달 뒤부터 매달 암수 1쌍을 낳는다면 1년 동안 토끼는 몇 쌍으로 불어나겠는가?"

문제를 풀어 보면 이렇다. 우선 토끼가 갓 태어난 한 쌍으로 시작했기 때문에 첫 달과 둘째 달에는 새끼 한 쌍 그대로다. 그러나 3개월이 되면 암수 한 쌍이 새끼 한 쌍을 새롭게 낳기 때문에 암수 2쌍이 된다. 넷째 달에는 어미 한 쌍이 또 암수 한 쌍을 낳아 총 3쌍이 되고, 5개월이 되면 어미가 또다시 1쌍을 낳고, 새끼도 어른이 돼 1쌍을 분만하면 총 5쌍이 된다. 그래서 매달 암수 쌍의 수를 수열로 나열하면 1, 1, 2, 3, 5, 8, 13, 21, 34… 로 나타나는데 이것을 '피보나치의 수열'이라고 부른다. 이 수열이 주는 수학적 의미는 앞 두 수 합이 새로운 다음 수가 된다. 또한, 수열을 거꾸로 본다면 뒤 수에서 앞 수를 빼면 새로운 수가 된다. 참 신기하다.

이 수열은 자연을 이루는 수 체계와 같다고 해서 '신이 만든 공식'이라고도 한다. 대부분 꽃잎 수도 피보나치의 수열로 본다. 꽃이 활짝 피기 전까지 꽃잎이 봉오리를 이루어 꽃 안 암술과 수술을 보호하는 역할을 하기 위해서는 꽃잎들이 이리저리 겹쳐져야 하는데, 이때 가장 효율적인 수가 피보나치 수열 숫자라고 한다.

올 한 해 교정에 핀, 많은 꽃 이름과 생태를 새롭게 알게 되었다. 이름을 알고 불러준 순간부터 그 꽃은 진정한 내 친구가 되었다. 마찬가지로 학생들도 이름을 불러주며 고유한 존재를 인정해 줄 때 내 제자가 되어 꽃으로 피어날 것이다. 나는 그저 잘 피고 열매 맺게 도와주는 꽃잎 같은 존재에 기뻐하고 만족 하는 선생이 되고 싶다. 그 기쁨 양이 피보나치 수열의 복리처럼 늘어나길 새해에는 소망해 본다.

눈송이는 구름 속 물방울이 얼어서 만들어진 육각형 결정구조다. 하지만, 모양이 같은 눈 결정은 존재하지 않는다. 사람 얼굴이 모두 다른 것처럼 2㎜ 정도 크기 눈송이 모양도 제각기 다르다. 꽃도 마찬가지다. 꽃잎은 다섯 개가 대다수지만 같은 꽃은 없다. '신의 선물'인 꽃은 '신이 만든 공식'으로도, 정밀한 통계학적 분석으로도 다 밝힐 순 없다. 왜냐면 "꽃이니까!" 이 답이 부족하면, 수필가 김진섭의 '백설부(白雪賦)'에 나온 다음 문장은 어떤가?

> "천국의 아들이요, 경쾌한 족속이요, 바람의 희생자인 백설이여! 과연 뉘라서 너희의 무정부주의를 통제할 수 있으랴!"

꽃다발

졸업식 끝난 식장에 다시 가 보았다. 점점 퇴색해 가지만 졸업식은 여전히 학교에서는 중요한 행사다. 식을 주관하다 보니 각종 상장 수여 편리성 때문에 앞자리에 앉힌 잘난? 학생들과의 접촉이 많았다. 하지만 진학에 실패한 학생들 쓰린 마음도 품어줘야 하는데 라는 아쉬움이 많이 남는다. 그래도 씩씩하게 재수 선택을 밝히고 내년에 꼭 합격해서 찾아오겠다는 녀석을 복도에서 만났을 때는 얼마나 대견하고 기쁘던지.

대학교 졸업식 날이었다.

동기 몇 명과 교수님들께 인사드리러 연구실을 찾아갔을 때, 어느 노교수님만이 자리를 지키시며 하신 말씀이 아직도 귀에 생생하다. "누군가가 찾아올지 몰라 이렇게 기다리고 있는 거라고, 점점 찾아오는 제자가 줄어가지만 퇴임할 때까지는 이렇게 기다리겠노라."라고 하셨다.

그때, 그 가르침 따라 나도 매번 졸업식 때면 담임이 아니었어도 혹시 찾아오는 제자가 있을지 몰라 자리를 지키곤 하였다. 오늘은 2학년 때, 동아시아사를 함께하며 인연을 맺은 다섯 명이 찾아와 인사하고 돌아갔다. 혹, 언젠가는 한 명도 찾아오지 않을지도 모른다. 그렇다고 해서 시대를 탓하거나 제자들을 욕하지 않으리라. 내 허물을 되돌아보며 더 넓고 험한 세상으로 나가는 제자들 앞날을 축복해 주리라. 진학성적이 좋아서인지? 학부모들 차로 꽉 찼던 운동장에서 마지막 차가 사라질 때, 오늘 얼굴 보지 못한 제자 몇 명에게 먼저 문자를 보냈다.

"졸업 축하한다^^ 늘 건강하고 행복해라~"

텅 빈 교무실에 돌아와 보니, 졸업 축하로 받은 제자 꽃다발이 내 책상 위에서 향기를 내뿜고 있다. 꽃다발을 총칭하는 단어는 부케(Bouquet)다. 하지만 오늘은 앤솔러지(Anthology)라 부르고 싶다. 왜냐면, 졸업한 너희들은 꽃이었고, 나에게는 모두가 한편의 문학 작품이었다.

앤솔러지는 시나 소설 등 문학 작품을 하나의 작품집으로 모아 놓은 것이다. '꽃을 따서 모은 것', 꽃다발이라는 뜻 그리스어 앤톨로기아(Anthologia)에서 나온 말이다.

꽃부리를 머금고

완주 화암사에는 유교적인 사당 한 칸 철영재(啜英齋)가 있다. 십 년 전에 갔을 때는 극락전과 우화루의 아름다움에 빠져 스쳐 지나간 건물이었다. 그래도 그때 갖은 몇 가지 의문은 남아있었다. 하나는 성삼문 할아버지 성달생이 전라도 관찰사 시절 화암사 중창에 도움을 주었다지만, 사찰 안 그것도 극락전 옆에 사당을 세웠다는 게 쉽게 이해되지 않았다. 또 다른 하나는, '철영재' 현판을 어떤 연유로 자하(紫霞) 신위 선생이 썼을까? 마지막으로 '啜英' 뜻도 궁금하였다. 하지만, 화암사의 전설, 극락전 하앙 구조 등 이야깃거리에 묻혀 잊고 살았다.

그런데, 며칠 전에 다녀온 화암사에서 그 의문을 풀 단서를 얻었다. 극락전을 보고 난 후 나는 철영재 현판을 쓰신 평산신씨 가문 예인 자하 선생 자랑을 일행에게 늘어놓았다. 그리고 '啜英'은 직역하면 '꽃부리를 마신다'인데, 그 깊은 뜻은 모른다고 말한 순간, 옆에 있던 노신사가 몇 마디 대꾸해 주고는 사라졌다.

"꽃을 씹어 먹고 꽃을 토한다(啜英吐花)라는 뜻으로, 아마 성달생이 글을 잘 썼거나 그의 호가 철영일지 모른다."라고 하면서 "'함' 자를 쓰기도 한다. 시서화에 능통한 신위 선생 후손이라면 '소악부'를 읽어보시라."

집에 돌아와 단서를 토대로 거듭 생각하여 나만의 결론을 내렸다. 우선, 철영재가 극락전 옆에 세워진 이유는 성달생이 화암사 중창에 도움을 준 것 이상으로 불교와 깊은 연관이 있다는 사실이다. 무신인 그는 글씨도 잘 써 불경을 필사하여 화암사 판 법화경을 발간했다. 조선 시대 법화경은 대부분 그의 글씨였다고 한다. 부처님 말씀 판각에 공을 쏟았으니 극락전 옆에 모실만한 자격이 충분하다.

두 번째로, 사 백여 년 뒤에 자하 선생이 현판 글씨를 쓴 연유도 역시 불교와 관련 깊어 보인다. 자하 선생은 시서화에 능통한 삼절로 칭송받지만, 특히 시에 두각을 드러냈다. 생전에 이미 "두보(杜甫) 시를 배우듯 신위 시를 읽는다"라고 할 정도로 대가로 인정받았다. 그는 '소악부(小樂府)'라는 시집을 남겼다. 원래 악부는 한(漢)대 음악을 관장하는 기관 이름이면서 동시에 노래 가사인 시가를 말하는데, 고려 시대 이제현이 그 앞에 소(小)를 덧붙여 또 하나의 문학 장르가 되었다. 소악부는 민간 속요를 시로 옮긴 것으로 자하 선생은 당시 백성들의 삶을 소박하게 노래하면서 자연스럽게 불교 관련 이야기도 썼다. 그 역시 금강경을 필사하고 감상을 적은 '서금강경후(書金剛經後)'를 남겼을 만큼 불교에 심취했다. 그렇다면 필경 자하는 성달생이 남긴 불경을 읽었겠고 그런 연유로 현판을 쓰지 않았을까?

마지막으로 철영(啜英)의 깊은 뜻은, 당나라 한유가 쓴 진학해(進學解)에서 나온 듯하다. '진학해'는 공부하는 이유에 대해 문답식으로 쓴 책이다. 여기서 이런 문장을 찾았다.

> "**沈浸醲郁**(심침농욱) **含英咀華**(함영저화) **作爲文章**(작위문장)", 훌륭하고 아름다운 글에 푹 젖어서 그 묘미를 머금고 씹으며 문장을 짓는다.

함영저화(含英咀華)는 꽃을 머금고 씹는다는 말로 사물을 잘 음미해 가슴속에 새겨둔다는 뜻이다. 그랬다. 노신사가 말한 함은 머금을 함(含)이었다. 그래서 자하는 꽃부리 같은 불경을 읽고 화려하게 빛나는 부처님 말씀을 판각하는데, 공을 쌓은 성달생 사당 현판을 철영이라 썼음이 확실하다.

화암사에서 나와 불명산(佛明山)에 오르면서 노신사는 교수일 거라 짐작했다. 그런데 정상에서 그분을 다시 만났다. 여쭈니 한시 전공 교수셨다. 인생도처유고수(人生到處有高手)라더니, 세상에는 역시 고수가 많다. 그분도 내게 자기 집안 훌륭한 학자를 알고 이야기한다는 것도 드물다고 말했다. 그 말씀에 부끄러워져 화암사 경내에서 말씀하신 자하 선생 '소악부'를 구해 공부해야겠다.

잘 늙은 절이라 표현한 안도현 시인은 찾아가는 길을 굳이 알려주지 않겠다고 했지만, 화암사를 일부러 찾아갈 이유가 내게는 하나 더 생긴 만남이었다. 가만히 생각해본다. 화암사 계곡에서 스스로 열을 내 눈 속에서도 꽃을 피우는 복수초, 한 장 잎을 먼저 내고 기다리다 마주 보는 잎이 나고서야 꽃대를 올려 7년 만에 피는 얼레지꽃 그리고 철영재 뒤편 매화나무 아래 작은 부도, 모두 含英咀華이리라, 바위 위에 핀 꽃, 화암사 극락전은 더 말해 무엇하겠는가.

나는 오늘 배움의 기쁨을 담아, 여여당(如如當)에 이어 含英(함영)을 내 두 번째 號로 취할까 한다.

철원 노동당사에서

25년 전쯤
청년 셋은 대형 태극기 내걸고
'발해를 꿈꾸며'를 불렀고
나는 '교실 이데아'에 열광하는
청춘들의 눈을 돌려 통일을 꿈꾸면서
함께 따라 불렀다.

그때는 문화 대통령, 교육부 장관을
하고도 남을 서로의 뜨거움이 넘쳤다.

세월은 흘러 흘러
밟아도 터지지 않는
DMZ 지뢰처럼 무기력해져
누구는 사장되고
누구는 추락하고
누구는 젊은 여자와 살고
누구는 분필 대신 물 백묵을 팔며
꿈조차 꾸지 않는 시대만 탓하다가
우리는 발해를 잃어버렸다.

봄여름이 가고 가을겨울이 오듯

방탄소년단 시절이 오고
우리의 시절은 가고 있는데
정국의 Euphoria 들으며 한 바퀴 돌면
이곳은 흡사 하늘 아래 신전(神殿).

내 안 깊은 곳에 a priori가 머물 때
심장에 신탁(神託)처럼 새겨지는 소리
BTS를 지켜주는 것은 army지만
모두를 지켜주는 것은 peace.

분단 650,157시간 54분 39초에 찍은 철원 노동당사와
통일을 염원하는 '두근두근' 조형물

부끄러움 없는 잠자리, 불괴침不愧寢

담임을 맡지 않은 지 벌써 십 년이 넘었다. 학생부장, 연구부장, 교무부장 보직을 연속 맡으면서 담임 업무 놓은 지 오래다. 올해도 교무부장이랍시고 선생 본연 일보다 학사 행정업무에 정신 팔려 늘 학생들한테 미안했다. 오늘은 스승의 날, 부담임인 학급 반장이 찾아와 교실 축하 파티에 초대했다. 축하받는 자리는 행복하면서도 늘 쑥스럽다. 축하받을 자격이 있는가? 교정 구석구석에 숨어있는 풀꽃 같은 아이들을 찾아 사랑해주었는가? 자성하면서, 지난 개교 40년사에 쓴 글을 다시 읽어보았다.

이름은 '이르다'의 명사형이다. 名은 夕과 口를 모은 회의 문자이다. 저녁에는 어두워 보이지 않으므로 입으로 자기 이름을 말하는 것이라 '설문해자'는 풀이한다. 또한, 우주에서 이 세상으로 이끌어 주신 부모님이 자식에게 이른다(당부한다)의 줄임말로 보기도 한다. 그러므로 이름에는 자기 정체성과 영혼이 담겨 있기에 스스로 당당하게 외칠 수 있어야 한다.

우리 학교 역사에서 나와 한때를 같이한 수많은 학생 이름이 존재한다. 그중에 기억나는 이름이 여럿 있다. 어느 해던가, 첫 시간에 만난 이름 '오세기'에게 다음 시간까지 오세기 역사를 정리해 오라 했는데, 바로 옆 반에 '전세기'가 있었던 일, 담임 첫날 받은 명단 중 잘못된 이름인 줄 알았던 '김오지덕현', "김씨와 오씨가 뜻을 모아 덕현이라 지었다"라는 말을 듣고는 소우주라는 인간 창조의 존귀함을 깨닫기도 하였다. 하지만 당혹스러우면서도 기억에 오래 남아있는 이름은 단연 '신익수'였다. 동명이인 담임이 교실에 들어서면 "신익수 너 잘해라!" 장난삼아 끄게 떠들던 녀석들 이름 또한 그립다.

우리는 살면서 많은 이름을 갖게 된다. 태어나면서 작명된 이름 외에도, 누구 아들, 어느 학교 선생, 누구 친구 등으로 이름 지워진다. 그러다 보니 이름값 하며 살기가 매우 힘든 세상이다.

나는 중학교 때 아버지께 내 이름(益受)의 받을 수(受)를 왜 줄 수(授)로 쓰지 않으셨냐고 여쭌 적이 있다. 딴에는 이익을 주는 사람이 되고픈 마음에서였다. 그때 아버지 말씀은 "사랑도 받아본 사람이 줄줄 안다."였다. 그 후로 나는 언젠가는 내가 받은 부모님 사랑, 선생님 사랑, 친구들 사랑보다 더 많은 사랑을 주는 사람이 되겠다는 작은 소망 하나 가슴속에 품고 살아왔다. 그런데, 그 언젠가가 아직도 미래형인 것 같아 부끄럽다.

최근에 대구, 경북지방 답사 여행을 다녀왔다. 대구 답사지에 왕건 대신 순절한 평산신씨 시조 신숭겸 장군 유적지를 꼭 넣어달라고 주최 측에 부탁했다. 나 역시 이름 첫 자, 본관 혈족을 중시하는 보통 한국인 모습을 드러낸 것이다. 영남의 예학 대가 한강 정구 선생을 기리는 성주 회현서원에는 독특한 전서체로 유명한 미수 허목의 '불괴침(不愧寢)' 편액이 걸려있었다. "부끄러움 없는 하루를 보내고 드는 잠자리는 꿈도 없으리라." 간결하면서도 강한 가르침이었다.

나는 팔공산 시조 동상 앞에서 내 이름 석 자 걸고 앙천불괴(仰天不愧), 불괴침(不愧寢) 하리라 다짐하며 여행을 마쳤다. 하지만 지금도 내 잠자리에는 가끔 제자들이 꿈에 나타나 웃으면서 떠들어 댄다.

"신익수 너 잘하고 있니! 신익수 잘해라!"

'부끄러움 없는 잠자리' 들기에는 나는 아직 멀었나 보다.

회현서원에 걸려 있는 불괴침 편액

그리움이 쌓이면 꽃이 될까

신익수 지음

발 행 처 · 도서출판 **청어**
발 행 인 · 이영철
영　　업 · 이동호
홍　　보 · 천성래
기　　획 · 남기환
편　　집 · 방세화
디 자 인 · 이수빈 | 김영은
제작이사 · 공병한
인　　쇄 · 두리터

등　　록 · 1999년 5월 3일
(제321-3210000251001999000063호)

1판 1쇄 발행 · 2021년 7월 30일

주　　소 · 서울특별시 서초구 남부순환로 364길 8-15 동일빌딩 2층
대표전화 · 02-586-0477
팩시밀리 · 0303-0942-0478

홈페이지 · www.chungeobook.com
E-mail · ppi20@hanmail.net
I S B N · 979-11-5860-963-4(03810)